U0165142

華人創新獎
CHINESE INNOVATION AWARD

2010华人设计年鉴

华人创新奖—2010世界华人创新设计大赛·作品集

CHINESE INNOVATION AWARD--DISCOGRAPHY OF INNOVATION DESIGN COMPETITION OF CHINESE WORLDWIDE IN 2010

张磊 主编

陈根 主审

世界华人设计学术协会
WORLD CHINESE DESIGN ACADEMIC ASSOCIATION

世界华人创新设计大赛组委会
ORGANIZING COMMITTEE OF INNOVATION DESIGN COMPETITION OF CHINESE WORLDWIDE

电子工业出版社·
PUBLISHING HOUSE OF ELECTRONICS INDUSTRY
http//www.phei.com.cn

内容简介

　　本作品集是"华人创新奖——2010世界华人创新设计大赛"的重要成果之一。大赛以"融合、交流、创新、升级"为理念，尊重设计价值，倡导学科融合，促进设计交流，引导企业创新。经过5个月的作品征集，大赛共收到优秀作品3800余份，经评审委员会专家严格评审，共60余件优秀作品获奖，其中企业组15件、自由组46件。作品涵盖了交通工具、家电、机械、家具等多个技术领域，体现了较高的创新性、前瞻性和实用性，代表了华人创新设计的最新理论与实践成果。这些优秀作品经编委会专家的精心编辑，按照奖项设置顺序编排至本书当中。

图书在版编目（CIP）数据

2010华人设计年鉴华人创新奖：2010世界华人创新设计大赛作品集 / 张磊主编. —北京：电子工业出版社，2011.11

ISBN 978-7-121-14838-5

Ⅰ.①2… Ⅱ.①张… Ⅲ.①产品设计—作品集—世界—现代 Ⅳ.①TB472

中国版本图书馆CIP数据核字（2011）第212453号

责任编辑：董亚峰

印　　刷：
　　　　　北京市大天乐印刷有限责任公司
装　　订：

出版发行：电子工业出版社
　　　　　北京市海淀区万寿路173信箱　邮编　100036

开　　本：880×1 230　1/16　印张：6　字数：218千字

印　　次：2011年11月第1次印刷

定　　价：48.00元

谨以此书献给热爱设计的朋友们！

序　言

世界华人创新设计大赛是世界华人设计学术协会主办的在全球华人设计界享有盛誉的品牌赛事，至今已成功举办了三届，吸引了众多华人优秀设计师参赛。大赛以"设计创新"为核心价值，旨在为广大华人设计师提供国际化的交流展示平台，努力推动华人设计走向世界！

面对全球性的新一轮金融危机以及持续的通货膨胀、地产打压、股市不振、制造业的升级乏力等，新一轮经济增长的支点在哪里？这是每个学科共同需要研究的课题。经济的发展离不开科技的进步，更离不开软实力的提升。软实力的提升是新一轮经济发展的重要战略支点，这其中最重要的就是文化、创意、设计产业的发展，这是一个国家、一个企业在现代竞争中重要的砝码。而其中的工业设计是关系到制造业发展及其竞争力提高的核心。

经济全球化背景下，自主创新能力成为企业生存、发展的核心竞争力。如何通过设计创新提高产品附加值并全面提升产品技术、性能以及使用等方面的品质，如何有效地管理设计，成为制造业关注的焦点。国家在规划"十二五"发展纲要时，明确了我国经济发展的重点，即从外输转向内需。因此，科学发展与自主创新成为我国建设创新型国家的内在要求。设计、制造、经济、管理等多学科交叉融合下的创新才能使"中国制造"真正迈入"中国创造"。工业设计作为设计学科中直接面向生产的创新形式，在中国经济转型时期承担着特殊的历史使命。当今社会中，以创新为核心的工业设计在国家发展中扮演着重要角色，各国都在高度重视工业设计。

中国工业设计虽然起步晚于欧洲，但在改革开放后已取得了明显的成绩，近年来得到迅速发展。特别是在2010年举办的两会中，工业设计已经被列为国家七大面向生产的支柱性现代服务业之一，这对于促进中国经济发展与文化建设、推动制造业健康发展和提高人民生活标准有着重大的意义。

世界华人创新设计大赛是推动产业结构升级、促进工业设计发展的重要活动，大赛在"融合、交流、创新、升级"的理念指引下，尊重设计价值，倡导学科融合，促进设计交流，引导企业创新，这对于建设创新型国家和大力发展工业设计有着重要的意义。大赛经过5个月的作品征集，共吸引了来自中国大陆、中国台湾、中国香港、韩国、日本、新加坡等地众多华人设计师的积极参加，共征集作品3800余份。大赛组委会经过严格的初评，从中评选出300份作品进入复评和终评，最终有60余件作品获奖。这些优秀作品代表了华人工业设计的最新成果，我们将这些优秀作品结集出版，希望能够得到更多同仁的大力支持，不断提高大赛的层次与水平，同时推动这个新兴产业的发展。

本次大赛是"2010国际创新设计与管理高峰论坛暨世界华人设计学术研讨会"中的重要学术活动，大赛颁奖盛典于2010年12月11日在天津理工大学隆重举行。中国社会科学院刘光明教授，香港理工大学林衍堂教授，中国工业设计协会副会长、大连民族学院设计学院院长马春东教授，中国工业设计协会副会长、华东理工大学设计与传媒学院院长程建新教授等众多知名设计专家出席了终评答辩以及颁奖盛典。

大赛筹备期间，我们得到了天津理工大学、可乐马古典家具博物馆、电子工业出版社、新华社、人民网、中华网、新华网、央视网等单位的大力支持，在此表示感谢！

最后，希望大赛不断与国际接轨，成为推动中国经济、文化事业发展的一支重要力量！

世界华人设计学术协会 秘书长
世界华人创新设计大赛 主　席　

2011.8

写在前

工业设计是一个高度交叉的综合性交叉性学科，它以工业化为背景，以创新为核心价值，以创造现代合理生活方式为目标，综合了科学、技术、艺术、人文、经济等多重学科性质，是人类认识世界和改造世界的第三种智慧和思维。工业设计的概念形成于20世纪20年代欧美发达国家，至今已有百年历史。中国于20世纪80年代正式引进工业设计，经过近三十年的积累，特别是2007年2月温总理亲笔批示"要高度重视工业设计"后，中国的设计事业取得了长足的发展。当前，工业设计已经被列为我国七大面向生产的支柱性现代服务业之一，政府和企业都在逐步认识到工业设计的战略价值以及对制造业升级的拉动力。在提升产业价值、促进经济转型的过程中，以创新为核心的工业设计发挥着巨大的作用。

在2010年3月份举行的"两会"上，"工业设计"首次被写入《政府工作报告》。温家宝总理在报告中指出："加快发展服务业。进一步提高服务业发展水平和在国民经济中的比重。大力发展金融、物流、信息、研发、工业设计、商务、节能环保服务等面向生产的服务业，促进服务业与现代制造业有机融合"。这充分表明工业设计不仅得到了党中央、国务院的高度重视，并且从企业行为上升为国家战略，设计行业在中国将迎来真正的春天！工业和信息化部为促进我国工业设计的快速发展，加速推进新型工业化进程，实现工业由大变强，于2010年3月16日面向全社会公开征集《关于促进工业设计发展的指导意见》，并组织起草了《关于促进工业设计发展的指导意见》。意见中指出："大力发展工业设计，是丰富产品品种、提升产品附加值、创建自主品牌的重要手段；是促进科技成果产业化、增强企业自主创新能力、提升工业竞争力的有效途径；是推进产业结构优化升级、转变经济发展方式、建设创新型国家的内在要求。"2010年7月22日，工业和信息化部、教育部、科学技术部、人力资源和社会保障部、商务部、财政部、国家税务总局、国家统计局、国家知识产权局、中国银行业监督管理委员会、中国证券监督管理委员会十一部委联合，正式下发了《关于促进工业设计发展的若干指导意见》，将大力发展我国工业设计提升到国家战略层面，以此促进中国产业结构的升级与调整，加速推进中国新型工业化进程，推动生产性服务业与现代制造业的融合，实现"中国创造"与世界同步。

当今，工业设计已经超越了物质层面的创新，其内涵和外延已经渗透到"服务"、"营销"、"管理"、"生态"以及"系统"的范畴，在创造新文化、新价值观、新生活标准、新概念等方面发挥着独特的功能。因此，工业设计已全面走向"创新设计时代"，给人们的生活带来了巨大的变化。一个国家的设计水平取决于这个国家的经济实力、工业化程度以及政府对设计业的重视程度，同时也取决于国民对于生活品质的追求。设计大赛作为引导企业创新、选拔设计人才、扩大设计交流、活跃设计氛围、引导健康消费的一种重要形式，是促进设计产业发展一支重要力量，受到各国政府的高度重视。德国红点、IF、美国IDEA、日本G-MARK等国际大奖赛在全球工业设计领域发挥着积极作用，对于整合全球设计资源有着重要影响。近年来，中国工业设计进入了高速发展的快车道，政府、企业、民间机构举办的各类设计大赛空前繁荣，对于促进中国工业设计发展起到了积极的作用。"世界华人创新设计大赛"是众多国际设计竞赛之一，吸引着众多优秀华人设计师的积极参与，至今已成功举办三届，成为华人设计界权威性的品牌赛事。

世界华人创新设计大赛以设计创新为核心，以服务中国制造业的切实需求为宗旨，以不断创造符合当代中国人需求的高品质产品为目标，提倡技术创新与设计创新的融合，以此促进中国工业设计产业的发展，不断提升"中国制造"的品牌价值，激励全球华人设计师的非凡创造力。本次大赛设置了企业组和自由组两类，企业组以"技术创新与设计创新的融合——创造高品质和高附加值的产品"为主题，主要以实际投入生产或销售的产品参赛，自由组以"低碳时代的融合与创新——未来家庭生活新体验"为主题，主要以概念设计参赛。

大赛经过5个多月的作品征集，共收到优秀作品3800余份。经过严格的评审，共有300余件作品入围，60余件作品获得最终奖项，其中，企业组15件获奖作品、自由组46件获奖作品收录到了本作品集当中，这些优秀作品是华人创新设计的重要成果，代表了华人设计界的较高水准。为保证作品集的整体效果和品质，编委会对所有作品进行重新排版，并对文字进行了仔细校对。

在作品集付梓之际，首先要感谢各位参赛者的大力支持，同时也感谢各位评审专家认真细致的评审以及大赛组委会、作品集编委会同志的辛勤工作。作品集的出版不仅是对大赛的总结，也是一种设计文化的交流和沉淀，希望各位读者提出宝贵的意见或建议，以便我们在今后的工作中不断完善，你们的支持是我们最大的欣慰，让我们共同促进华人创新设计事业的发展，并将"世界华人创新设计大赛"打造成为华人设计界的顶级赛事！

最后，感谢世界华人设计学术协会秘书长、大赛主席陈根先生为本书作序，也感谢电子工业出版社的大力支持！

由于编者水平有限，请各位读者批评指正，在此表示感激！

世界华人创新设计大赛组委会

2011年5月5日

作品集编委会成员：

主编：张 磊
主审：陈 根
编委：窦金花 刘盟涛 刘洋 马可乐 周宁昌 朱芋锭（按姓氏拼音排名）
摄影：钟蜀津

● 目 录

融合 交流 创新 升级

01-大赛介绍

大赛背景：

　　"世界华人创新设计大赛"是世界华人设计学术协会举办的官方性非盈利大赛，是华人设计界较权威的专业赛事之一，至今已成功举办三届。大赛以设计创新为核心，以服务中国制造业的切实需求为宗旨，以不断创造符合当代中国人需求的高品质产品为目标，提倡技术创新与设计创新的融合，以此促进中国工业设计产业的发展，不断提升"中国制造"的品牌价值，激励全球华人设计师的非凡创造力。

　　大赛给众多华人设计师提供了一个发挥创造力的广阔舞台，自2007年开赛以来，得到广大华人设计师的广泛的关注和支持。为进一步与国际接轨，本届大赛以"华人创新奖"（Chinese Innovation Award）冠名，分为企业组和自由组两个参赛大类，面向全球设计师、设计机构征集优秀作品。

　　大赛以"融合、交流、创新、升级"为理念，尊重设计价值，倡导学科融合，促进设计交流，引导企业创新，力争在3-5年内打造成为国际知名的品牌赛事。

大赛主题：

企业组： 技术创新与设计创新的融合——创造高品质和高附加值的产品

自由组： 低碳时代的融合与创新——未来家庭生活新体验

大赛类别：

企业组： 家电产品类、数码产品类、医疗器械类、机械产品类 其它类

自由组： 家具类; 家用交通工具类; 生活电器类:

　　"可乐马杯"现代中式家具创新设计（重点项目）;
　　满足于都市青年人需求的小型乘用车造型设计;
　　都市电动自行车创新设计;
　　便携式自行车创新设计;
　　老年人电动四轮车设计;
　　厨房电器创新设计;
　　家庭娱乐产品创新设计;
　　其他生活电器创新设计;

评审标准：

企业组：

1、创新性（20%）
2、功能性（20）
3、人机性（20%）
4、外观新颖性（20%）
5、设计细节（20%）

自由组：

1、概念的创新性（30%）
2、功能与人机性（20%）
3、设计表现效果（20%）
4、生产可实现性（20%）
5、整体展示效果（10%）

CiA 华人创新奖·2010世界华人创新设计大赛作品评审

大赛评审中

02-大赛评审

　　大赛经过5个月的作品征集，共吸引了来自中国大陆、中国台湾、中国香港、韩国、日本、新加坡等地众多华人设计师的积极参加，共征集作品3800余份，创历届之最。

　　2011年11月25-27日，组委会组织了严格的作品初评，共评选出300份入围作品进入复评环节，其中自由组260余份，企业组30余份。2010年12月6日，组委会组织专家在天津理工大学国际交流大厦3楼多功能厅进行了作品复评，评审过程全部以"盲评"形式进行，充分体现客观、公平、公正、公开的原则。最终评选出自由组作品46件、企业组作品15件进入终评。

大赛复评

大赛复评

大赛终评答辩

03-终评答辩

　　"华人创新奖—2010世界华人创新设计大赛"终评答辩于2010年12月11日晚19点30分在天津理工大学新南楼C区第一、第二会议室举行，由世界华人设计学术协会新任会长、副会长、理事组成的专家评审团对大赛作品进行了终极评审，并对晋级本次大赛的前20名选手进行了公开答辩。答辩评审会由世界华人创新设计大赛组委会秘书长张磊主持，林衍堂教授、程建新教授分别担任各评审组组长，评审过程井然有序，评审标准科学严谨，评审结果客观公正。选手们经过紧张激烈的角逐，充分展示出了自己的设计实力，不少作品赢得了专家的一致好评。答辩结束后，专家团依据本次大赛的评审要求，对每份作品计算出了精确的分值并签署了评审意见，对个别有争议的作品进行集体投票，求同存异，最终产生出"金奖"、"银奖"、"铜奖"、"最佳实用功能奖"、"最佳设计表现奖"以及"可乐马家具创新特别奖"。"华人创新奖"主席、评审团专家及组委会秘书长分别在获奖证书上联合签名认证。此外，由于个别作品没有达到评审要求，最终取消了最佳创意奖。

组委会秘书长张磊主持终评答辩　　　　　　　　　　　　　　　　　　　　　　　　　参赛者回答专家提问

林衍堂教授点评作品

马春东教授点评作品

冯明教授点评作品

马可乐先生点评作品

评审专家认真听取参赛者汇报

评审团最终评议

04-获奖名单

企业组获奖名单

奖项名称	获奖企业	获奖产品名称
至尊奖	沈阳机床股份有限公司钣焊分公司	Ck514数控立式车床
最具商业价值奖	上海凯仕工业设计有限公司	沙滩车
	云南CY机床集团有限公司	经济型数控K510-1000产品
优秀产品设计奖	沈阳机床股份有限公司钣焊分公司	BO-VM6540L2立式加工中心 Ck500数控车床 Ck6150数控车床 Ck6163数控车床 Ck6750数控机床 VMC850高档数控机床 电动车充电桩
	云南CY机床集团有限公司	VL630高档数控机床
	天津百利阳光环保设备有限公司	垃圾分类回收处理系统
	东北大学工业设计研究所	百万吨乙烯裂解气压缩机

自由组获奖名单

奖项名称	参赛编号	获奖者姓名	获奖作品名称	获奖者单位	指导教师
金奖	A2030058	冯霞	移动厨房	沈阳航空航天大学	孙戈
银奖	A2010646	刘琴	清忆之影	四川省绵阳职业技术学院	吴哲、向前
	A2020900	黄中文	校园、旅游景区租用绿色能源电动自行车设计	深圳大学	
铜奖	A2020394	罗建平 周钟	E-Cycle 城市电动车设计	清华大学	蔡军
	A2020061	李开凡	Explorer 探索者	吉林动画学院	安猛
	A2030980	娄焕志	N-WASHER概念清洁机	山东工艺美术学院	付志伟
最佳实用功能奖	A2030052	陈羿伶 张力仁	DIY两用砂带机	台湾岭东科技大学	李雁隆
	A2020208	王俊杰	T-BICK	山东工艺美术学院	付志伟
最佳设计表现奖	A2020098	王蒙 程强强	"万向"小型乘用车	大连交通大学	邹雅琢
	A2030077	贾东源 刘治中	迷你"绿"烟器	吉林动画学院	王鹏
可乐马家具创新特别奖	A2010005	罗贤凯	松月椅	天津工业大学	杨爱慧
	A2010029	单华标	M+T china furniture	浙江大学	张旭生
	A2010564	王俊杰	融.汇	山东工艺美术学院	付志伟
	A2010949	刘玉磊 马艳阳	"品扇"新中式餐厅家具	四川大学	
	A2011028	侯占怡	"花开富贵"客厅家具设计	天津城市建设学院	

	优秀奖	A2020040 孙雁冰--BATTERY个人电动汽车--东华大学
		A2020846 吴佼姣--小型电动自行车--鲁迅美术学院（指导教师：杜海滨、曹伟智）
		A2010015 李彦娥、彭嘉乐--红袖添香--广东肇庆学院（指导教师：王锡斌）
		A2010021 石亮、清风轩--华南农业大学（指导教师：周宁昌）
		A2010374 刘奇涵--"锐中式"书房家具--吉林动画学院（指导教师：安猛）
		A2010458 耿仁平、贾秋实--回--山东工艺美术学院（指导教师：付志伟）
		A2010555 于德华--古典新解--北京理工大学
		A2010629 张思梦、何敏--21克拉典藏--绵阳职业技术学院（指导教师：吴哲）
		A2010732 李东航--曲.艺--山东工艺美术学院（指导教师：付志伟）
		A2010889 陈培明--"线·韵"--山东工艺美术学院（指导教师：付志伟）
		A2011029 王晓玉、田可、张诗玄、白亮--中式现代家具设计--天津城市建设学院
		A2011030 刘洋--现代中式家具设计--天津城市建设学院
		A2020005 张健、姜虹--Future－ty--大连交通大学（指导教师：邹雅琢）
		A2020007 金长明--都市"刀郎"折叠电动车--沈阳大学
		A2020010 陶永超、吴寒、郑艳玲--背包自行车--长春理工大学（指导教师：郑艳玲）
		A2020018 陈成建、张海燕--老年人电动代步车设计--大连交通大学（指导教师：邹雅琢）
		A2020037 林海宇--O-Friend 老年人电动四轮车--中山大学
		A2020088 关亦骏--都市移动新主张双座微型车G-CAR--中国矿业大学（指导教师：钟厦）
		A2020490 赵建东、张浩洋、王天星--如影随"行"--便携自行车设计--山东工艺美术学院（指导教师：付志伟）
		A2020546 张冠群--顺风车FRE－RIDE--鲁迅美术学院（指导教师：杜海滨、张安）
		A2020756 卢丹--便携电动自行车--鲁迅美术学院（指导教师：杜海滨、曹伟智）
		A2020865 郑中央、伍凡凡、郝梁梁、昝锐--Leisure乐活--华东理工大学（指导教师：王焱）
		A2020907 宋方、逯新辉、田雁飞--睿达——智能化老年人购物车设计--重庆大学艺术学院（指导教师：许世虎）
		A2030014 陈亮--情感化为导向的加湿器设计--徐州工程学院
		A2030020 黄悦欣--汽车加热杯套--韩国东西大学（指导教师：Bumkyu Kang）
		A2030046 甘娟、赵家朋--Office－ker办公室专用微波炉--长春工程学院（指导教师：端文新）
		A2030051 张力仁、陈羿伶--三合一電動工具--台湾嶺東科技大學（指导教师：李雁隆）
		A2030213 李文怡--早餐工程--天津美术学院（指导教师：肖世华）
		A2030255 王峰、李海波、汪大海、李剑波、陈明--鸟巢灯具设计--东北大学
		A2030811 赵晓龙--数字示温"塞"--天津理工大学（指导教师：窦金花）
		A2030898 刘日、朱涛、李贵明--太阳能充电器设计--内蒙古工业大学

	奖项名称	获奖单位（者）
	优秀组织单位奖	燕山大学　吉林动画学院　江汉大学　山东工艺美术学院　大连交通大学
	优秀设计团队奖	天津城建学院　大连工业大学　淮阴工学院　华南农业大学　台湾嶺東科技大學
	优秀指导教师奖	蔡军　窦金花　汪老师　付志伟　李雁隆　孙戈　吴哲　向前　周宁昌　邹雅琢
	最佳产学研成果奖	东北大学工业设计研究所

高峰论坛

05-高峰论坛

2010国际创新设计与管理高峰论坛暨世界华人设计学术研讨会在天津理工大学胜利召开

　　由世界华人设计学术协会主办、天津理工大学承办的"2010国际创新设计与管理高峰论坛暨世界华人设计学术研讨会"于2010年12月12日在天津理工大学新南楼C区报告厅隆重召开，此次活动是我国环渤海地区规模与影响力最大的跨界设计学术活动，也是华人工业设计领域最高水准的国际学术会议，吸引了国内外300余名代表参加。大会以"融合、交流、创新、升级"为背景，以"多学科融合下的创新设计"为主题，从经济、管理、文化、科技、教育等多个角度阐释创新设计的意义和价值，旨在促进产业结构升级与调整，推动生产性服务业与现代制造业相融合，为企业、学术、教育提供了一个高水准的交流平台，同时对我国区域经济建设与发展有着积极的推动作用和战略意义。

　　2010年12月12日早8点30分，天津理工大学领导亲切接待了出席本次大会的特邀嘉宾和专家学者。大会开幕式9点整正式开始。首先，天津理工大学副校长张桦教授致大会欢迎辞，向来津参会的各位嘉宾、学者、代表以及远道而来的朋友们表示热烈的欢迎，并对大会的胜利召开表示祝贺。张校长指出，工业设计作为制造产业链的第一环节，是提升产品附加值和市场竞争力、推动产业升级，促进企业发展的关键因素，此次国际学术会议的召开，对指导设计创新、造就多学科交叉下的工业设计及设计教育体系有着重要的意义，同时也将促进天津理工大学工业设计专业的学科建设。最后，张校长希望在座的老师和同学们一定要珍惜这次难得的学习机会，虚心请教，勤于思考，从教育做起，共同推进工业设计走向灿烂的未来。张校长热情洋溢的讲话赢得了现场热烈的掌声。随后，大会主席刘光明教授致开幕辞。刘光明教授在发言中指出，随着国际竞争的日趋加剧，国际经济环境的日趋复杂，创新设计在国际竞争中的作用日趋重要，并且成为各国工业、经济、文化交流中不可或缺的因素。最后，刘光明教授宣布："2010国际创新设计与管理高峰论坛暨世界华人设计学术研讨会"开幕，并预祝大会取得圆满成功。世界华人设计学术协会秘书长陈根先生主持大会开幕式。

天津理工大学副校长张桦教授致大会欢迎辞

大会主席、美国管理科学院院士、美国文化科学院院士、中国社会科学院博士生导师刘光明教授致开幕辞

世界华人设计学术协会秘书长陈根先生主持大会开幕式

出席本次会议的领导与嘉宾有：天津理工大学副校长张桦教授；大会主席、美国管理科学院院士、美国文化研究院院士、中国社会科学院博士生导师刘光明教授；香港理工大学博士生导师林衍堂教授；世界华人设计学术协会秘书长陈根博士；天津市滨海新区科技局计划处刘朱岩处长；天津市滨海新区经济和信息化委员会投资处李金刚处长；韩国东西大学设计大学院博士生导师BumKyu Kang教授；中国工业设计协会副会长、大连民族学院设计学院院长马春东教授；中国工业设计协会副会长、华东理工大学艺术设计与传媒学院院长、博士生导师程建新教授；南京理工大学设计艺术与传媒学院院长李亚军教授；清华大学设计管理研究所所长、博士生导师蔡军教授；上海交通大学媒体与设计学院设计管理研究所所长刘国余教授；东南大学艺术学院副院长崔天剑教授；北京理工大学设计与艺术学院冯明教授；天津理工大学机械工程学院院长赵新华教授；天津理工大学艺术学院院长苗延荣教授；可乐马古典家具博物馆馆长马可乐先生以及天津理工大学科技处、教务处、国际交流处、校团委等单位领导。此外，新华社天津分社、天津电视台、天津人民广播电台、中国学术会议在线、新加坡联合早报、第一财经日报、21世纪经济报道、天津日报、今晚报、扬子晚报、现代快报、新浪网、搜狐网、人民网、网易、新华网、光明网、环球网、中国网、腾讯、中华网、中青在线、中国青年网、YAHOO、央视网、国际在线、凤凰网、朝闻天下、中国产业、中国财经网、等50余家媒体机构到会报道。

　　大会开幕式后，天津理工大学领导与特邀嘉宾合影留念。

天津理工大学领导与来津出席华人创新系列活动的各位专家合影

从左及右顺序：苗延荣 Bumkuy Kang 李亚军 刘国余 马春东 林衍堂 张桦 刘光明 程建新 蔡军 崔天剑 冯明 陈根 印寿根 郑清春

国际学术论坛于9点30分正式开始，由天津理工大学张磊主持。刘光明、林衍堂、马春东、程建新、BumKyu Kang、陈根、蔡军、刘国余、马可乐等9位专家分别以创新设计为核心，从多学科交叉的角度，并结合自己的研究领域分别做了精彩学术报告。

大会主席刘光明教授作首场报告，报告题目为《国际企业文化最新动向：理论与实践》。刘光明教授从国内外企业文化的最新研究成果作为切入点，分析了中小企业如何进行企业文化建设，并结合相关案例讲解了企业文化建设的前沿理论。刘光明教授的报告内容丰富、案例生动、讲解精彩，受到在场代表的热烈鼓掌。香港理工大学博士生导师林衍堂教授作了主题为《中国设计的发展和未来：关注生态平衡意识的角色》的学术报告。林教授指出："好的设计"除了可满足需要，往往也带动了新的使用潮流，作用于社会以至人类文化的影响十分明显和深远。中国设计师作为优秀的设计蒂造者，应该负责任地兼顾其设计对生态平衡和生活环境可持续性的作用，并能做出评估以及相应的改进行动。设计教育亦要对相关课程和训练做出回应。含"生态平衡"意识的设计是一个设计创造方法，往往可产生知识产权，使设计得以提升和延续。中国从"制造大国"步入"创造大国"之际，关注生态平衡的设计将会对人类文明做出极大贡献。中国工业设计协会副会长、大连民族学院设计学院院长马春东教授的报告题目为《教育教学与设计的含义》。马春东教授结合多年的设计及教育经验，从教育的目的出发，对工业设计的含义提出了独到的见解。马教授认为，设计是一种规划，从价值的角度讲，是用爱心和善良规划未来的文化生活，中国设计的目的是解决中国的社会问题。随后，马教授从教育对象、教育方法和形式、教师等方面深刻揭示并阐述了设计教育的目的与工业设计的含义。

大会主席刘光明教授做特邀报告

香港理工大学博士生导师林衍堂教授做特邀报告

中国工业设计协会副会长、大连民族学院设计学院院长马春东
教授做特邀报告

中国工业设计协会副会长、华东理工大学艺术设计与传媒学院院长程建新教授作了主题为《设计政策引导与设计产业创新》的报告，程教授首先回顾了我国工业设计的发展历程，并深入解读了国家当前的设计政策与相关文件，以诙谐幽默的案例介绍了创新设计的昨天、今天以及设计产业的未来，会场内掌声迭起，将学术论坛的气氛推向高潮。韩国东西大学BumKyu Kang教授做了主题为《Design management case study: Design Development of a both-sided Frying Pan as a Strategic Value Creating Case》的学术报告。BumKyu Kang教授从设计的商业环境角度出发，结合相关案例，介绍了设计开发的流程，分析了对设计问题的界定以及对现有产品的解决方案，最后提出设计师作为战略价值创造者角色的重要性。世界华人设计学术协会秘书长陈根博士做了主题为《创业板与创意产业资本运作之路》的学术报告。陈根博士从资本运作的角度讲解了如何引导设计产业发展以及工业设计公司如何快速成长。他在报告中指出：国内的工业设计公司经常处于被企业不认可的状态，创意总是不断被修改，在这种生存危机下又何谈资本运作？因此，工业设计公司要改变生存难的问题，首先要改变其商业模式。

中国工业设计协会副会长、华东理工大学艺术设计与传媒学院院长程建新教授做特邀报告

韩国东西大学设计大学院博士生导师BumKyu_Kang教授做特邀报告

世界华人设计学术协会秘书长陈根博士做特邀报告

清华大学设计管理研究所所长、博士生导师蔡军教授作了题为《下一个产业模式创新》的学术报告。蔡教授从全球化背景下的中国制造业体系为出发点，分析了中国设计管理的战略过程，阐述了该研究领域的最新理论成果。上海交通大学媒体与设计学院设计管理研究所所长刘国余教授作了题为《设计的价值、效益与管理》的学术报告。刘国余教授通过对设计和设计管理中典型案例的剖析，指出了设计创新对经济发展的价值与作用，阐述了提升企业设计效益的理念与方法，并提出国内企业执行设计管理的基本思想与模式。最后，可乐马古典家具博物馆馆长、天津可乐马家具有限公司经理马可乐先生作了题为《文化传统与设计创新》的报告。马先生从传统文化传承的角度讲解了现代中式家具设计的理念与方法，受到与会者的一致好评。

高峰论坛由天津理工大学张磊主持。这九场高水准学术报告在华人创新设计进程中写下了浓重的一笔，也是2010年献给中国工业设计事业的华丽篇章，同时也为华人设计学术的继续发展提出了许多新课题。

清华大学设计管理研究所所长、博士生导师蔡军教授做特邀报告

上海交通大学设计管理研究所所长刘国余教授做特邀报告

可乐马古典家具博物馆馆长马可乐先生做特邀报告

天津理工大学张磊主持论坛

高峰论坛结束后，大会进入分会场学术研讨环节。第一分会场研讨主题为"创新设计与设计管理"，程建新教授主持，刘光明教授、蔡军教授、刘国余教授、周宏教授出席；第二分会场研讨主题为"创新设计与设计教育"，林衍堂教授主持，马春东教授、李亚军教授、冯明教授、崔天剑教授出席；第三分会场为设计交流互动，陈根博士主持。分会场研讨过程中，与会代表们与专家进行了深度的思想交流，畅所欲言，求同存异，积极探讨多学科融合下的创新设计理念、方法、教育、管理以及相关的设计学术问题，营造出一片浓厚的学术氛围，代表们受益匪浅。

颁奖盛典

06-颁奖盛典

华人创新奖-2010世界华人创新设计大赛颁奖盛典在天津理工大学隆重举行

　　"华人创新奖-2010世界华人创新设计大赛"颁奖盛典于12月12日18时在天津理工大学新南楼C区报告厅举行，出席颁奖盛典的领导与嘉宾有：天津理工大学教务处处长郑清春教授、香港理工大学博士生导师林衍堂教授、大连民族学院设计学院院长马春东教授、华东理工大学艺术设计与传媒学院院长程建新教授、清华大学设计管理研究所所长蔡军教授、南京理工大学设计艺术与传媒学院院长李亚军教授、上海交通大学媒体与设计学院设计管理研究所所长刘国余教授、东南大学艺术学院副院长崔天剑教授、北京理工大学设计与艺术学院冯明教授、天津理工大学艺术学院副院长钟蕾教授、可乐马古典家具博物馆馆长马可乐先生。大赛共设置14项大奖。沈阳机床股份有限公司钣焊分公司选送的CK514数控立式铣床凭借较高的技术含量和设计水准获得企业组至尊奖，上海凯仕工业设计有限公司、云南CY机床集团有限公司分别获得企业组最具商业价值奖，天津百利阳光环保设备有限公司、东北大学工业设计研究所等单位获得企业组优秀产品设计奖。刘光明教授、林衍堂教授、蔡军教授、刘国余教授分别为获奖者颁奖。沈阳航空航天大学研究生冯霞以其出色的作品摘得"华人创新奖"自由组"金奖"桂冠。深圳大学研究生黄中文、四川绵阳职业技术学院刘琴获得"银奖"，清华大学美术学院罗建平等获得"铜奖"。此外，燕山大学、吉林动画学院、江汉大学等单位获得优秀组织单位奖，华南农业大学、淮阴工学院、大连工业大学等单位获得最佳设计团队奖，天津理工大学窦金花、大连交通大学邹雅琢、台湾岭东科技大学李雁隆等十名教师获得优秀指导教师奖，东北大学工业设计研究所获得最佳产学研成果奖。郑清春教授、林衍堂教授、马春东教授、程建新教授、李亚军教授、冯明教授、崔天健教授、钟蕾教授、马可乐先生分别为获奖者颁发了奖金、奖杯及获奖证书。

颁奖盛典现场

刘光明教授揭晓并点评获奖作品

林衍堂教授揭晓并点评获奖作品

马春东教授揭晓并点评获奖作品

程建新教授揭晓并点评获奖作品

马可乐先生揭晓并点评获奖作品

刘光明教授为企业组至尊奖获得者颁奖

林衍堂教授为企业组最具商业价值奖获得者颁奖

蔡军、刘国余教授为企业组优秀产品设计奖获得者颁奖

林衍堂教授为自由组金奖获得者颁奖

程建新教授为自由组银奖获得者颁奖

李亚军教授为自由组铜奖获得者颁奖

马可乐先生为可乐马家具创新特别奖获得者颁奖

冯明、崔天剑教授为最佳功能奖及最佳表现奖获得者颁奖

马春东教授为优秀设计团队奖获得者颁奖

郑清春教授为优秀指导教师奖获得者颁奖

钟蕾教授为最佳组织单位奖获得者颁奖

自由组金奖获得者发表获奖感言

刘光明教授接受新华社记者采访

马春东教授接受媒体采访

程建新教授接受媒体采访

陈根先生接受新华社记者采访

获奖者接受新华社记者采访

颁奖盛典胜利闭幕

07

获奖作品

企业组获奖作品

企业组至尊奖获奖作品

参赛作品： CK514立式车床

参赛单位： 沈阳机床股份有限公司钣焊分公司

设 计 者： 李剑波、汪大海、陈明、王峰

设计说明：

1、本设计整体简洁大方、寓意深刻，充分运用了现代的元素表现出安阳作为一个古老与现代化城市的深厚历史与文化底蕴；

2、通过黑色区域与白色区域的穿插，给人一种"穿越"感，让人感受到安阳的古老历史以及辉煌的过去；

3、采用直线造型，简单直接，便于加工制造，节约生产成本，提高工作效率；

4、防护前方下部的两个立柱支撑取材于在安阳出土的司母戊鼎，给人沉稳厚重的感觉；

5、电箱以及防护后面的拉门上的把手都取材于中国古典拉门的把手，用现代的手法诠释中国的古文化；

三维效果图

产品照片

产品照片

效果图

参赛作品： 沙滩车
参赛单位： 上海凯仕工业设计有限公司
设计者： 萧冬

设计说明：

这款沙滩车主要针对欧美市场，适合于追求刺激和户外运动体验的年青人使用。该产品具有150CC-25CC排量发动机和较大扭距，可以实现很好的越野效果。我们创意的来源：鹰。鹰由于其凶猛，飞行起来非常壮观，所以自古以来就被许多部落和国家作为勇猛、权力、自由和独立的象征。根据沙滩车的使用环境和使用人群特点，我们用带有攻击性的视觉冲击力赋予它整车外形语言，同时前大灯像鹰眼一样给人明锐的感觉，用翱翔翅膀的线条去勾勒动感的线条。结构简化易拆装，易替换。改变以往运动型沙滩车小的风格，可以适合更多的环境和使用用途。本产品为客户赢得了巨大的市场，成为欧美市场中国沙滩车品牌最具代表性产品。

27

企业组最具商业价值奖获奖作品

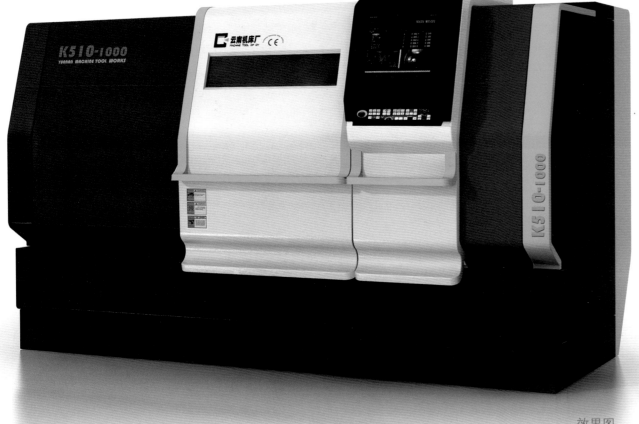

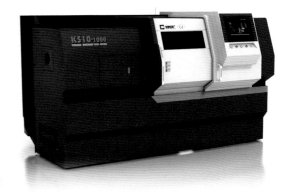

效果图

设计说明：

参赛作品：经济型数控K510-1000产品

参赛单位：云南CY机床集团有限公司

设 计 者：王峰、韩爱礼、倪帆、陈显志、吴强

数控机床作为制造业的基础，是衡量一个国家制造业水平的核心标志。经济型数控K510-1000产品是一种量产的经济型数控机床，主要由机械和电气控制两大部分组成，防护的刚性和价格是设计的关键。此设计通过工业设计技术与经验，快速有效地将先进设计、美观造型、可靠性能、稳定精度、简便操作、方便维修融为一体，从而使产品投入市场后取得很好的经济效益和社会评价。

企业组优秀产品设计奖获奖作品

参赛作品： BO-VM6540L2立式加工中心
参赛单位： 沈阳机床股份有限公司钣焊分公司
设 计 者： 李剑波、汪大海、陈明、王峰

产品照片

 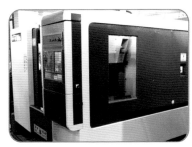

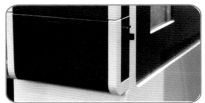 

色彩方案

效果图

设计说明：

BO-VM6540L2是一种高档轻型立式加工中心，宽床身宽立柱结构，优质米汉纳树脂砂工艺精密铸造，进给精准，负载力强。适于加工三维复杂曲面，在汽车、航空航天、模具等行业被广泛采用。如何构建高度经济、美观、适用以及符合人性化要求的内外防护是本设计的重点和难点。

参赛作品： CK500数控车床
参赛单位： 沈阳机床股份有限公司钣焊分公司
设 计 者： 李剑波、汪大海、陈明、王峰

设计说明：

CK500是一种高性能、通用性强的数控车床，主要用于轴类、盘类零件的精加工和半精加工，可以加工内、外圆柱表面、锥面、车削螺纹、镗孔、铰孔以及各种曲线回转体。适用于仪器仪表、轻工、机械、电子医疗器械及航空航天等行业的各种回转体零件的大批量高效率加工。如何构建高度经济、美观、适用以及符合人性化要求的内外防护是本次设计的重点和难点。

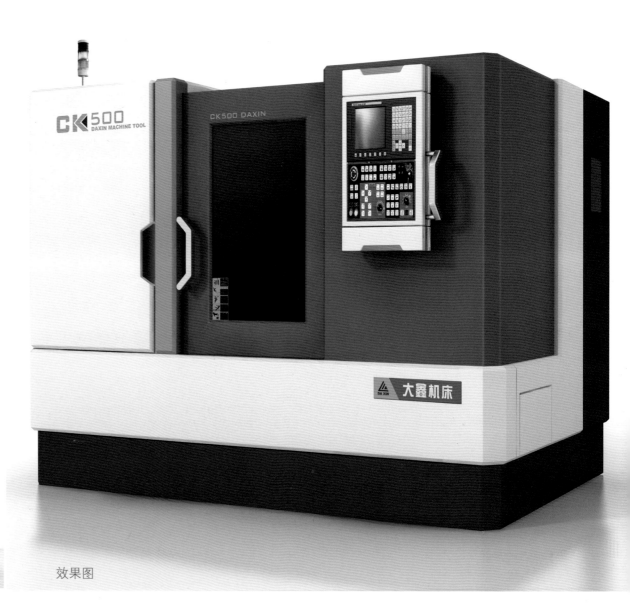

效果图

企业组优秀产品设计奖获奖作品

参赛作品： CK6150数控车床

参赛单位： 沈阳机床股份有限公司钣焊分公司

设 计 者： 陈明、汪大海、李剑波、王峰

设计说明：

CK6150车床采用机电一体化设计，具有结构紧凑，振动小，噪声低，精度高，性能稳定等特点。该机床可自动切削各种零件的内、外圆柱表面、端面、切槽、倒角、任意锥面、球面、曲面及公、英制、左、右旋、单多头圆柱、圆锥，给中小批量、多品种、多规格零件的加工提供了方便，也更能显示出它的优越性。

产品照片

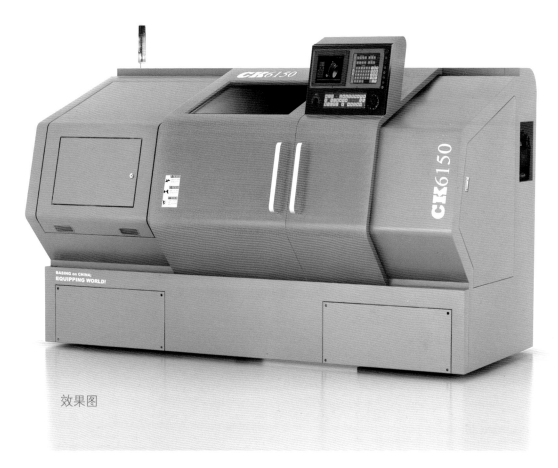

效果图

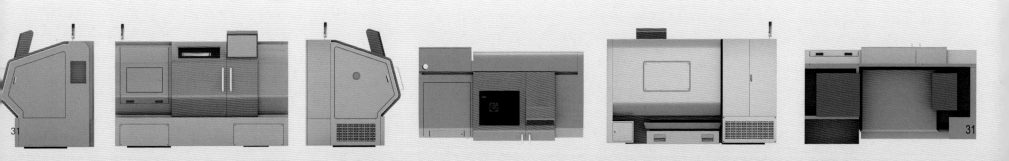

31

31

设计说明：

CK6163是实用型数控车床，适用于各种形状复杂的轴、套、盘类零件的内外表面、圆锥面、圆弧面、各种螺纹甚至孔的钻、扩、铰序等车削加工，尤其适合于多品种、中小批零件的轮番加工。该机床万能性好、效率高、废品率低、一致性好，因而广泛应用于各种行业诸如汽车、石油、军工等的机械加工。

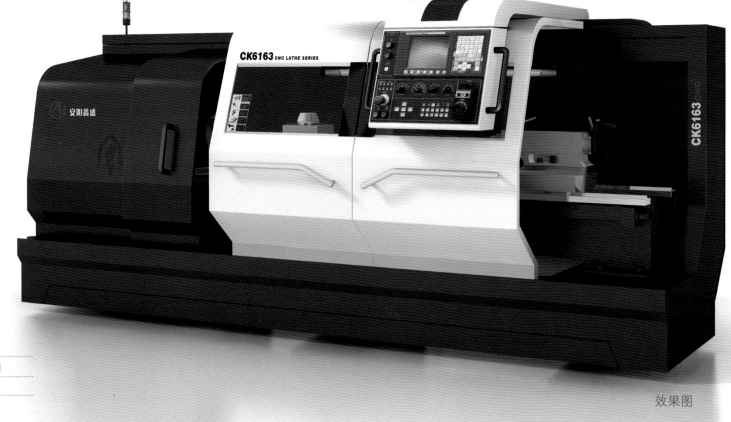

参赛作品： CK6163数控车床
参赛单位： 沈阳机床股份有限公司钣焊分公司
设 计 者： 汪大海、李剑波、陈明、王峰

效果图

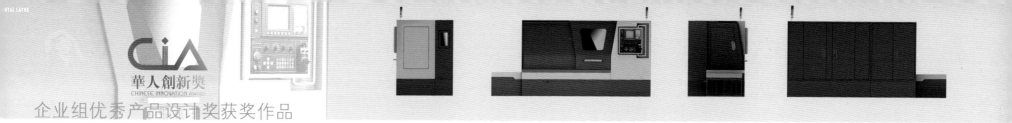

参赛作品： CK6750数控车床

参赛单位： 沈阳机床股份有限公司钣焊分公司

设 计 者： 陈明、汪大海、李剑波、王峰

设计说明：

CK6750是为安阳鑫盛机床设计制造的经济实用型数控车床，适用于各种形状复杂的轴、套、盘类零件的内外表面、圆锥面、圆弧面、各种螺纹甚至孔的钻、扩、铰序等车削加工，尤其适合于多品种、中小批零件的轮番加工。产品造型采用直线与圆弧结合的方式，形成对比。拉门采用"漏斗"状，使产品外观更加丰富。

产品照片

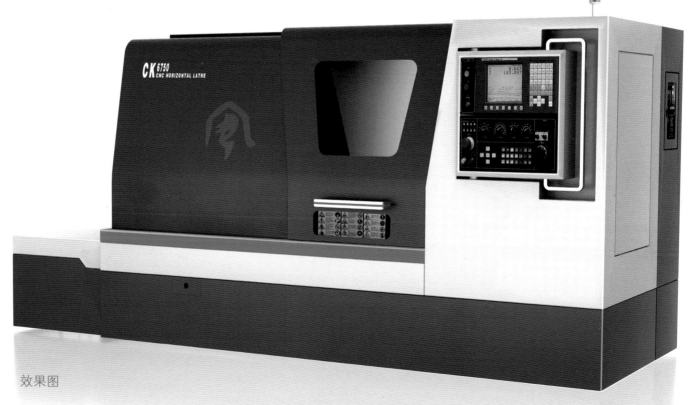

效果图

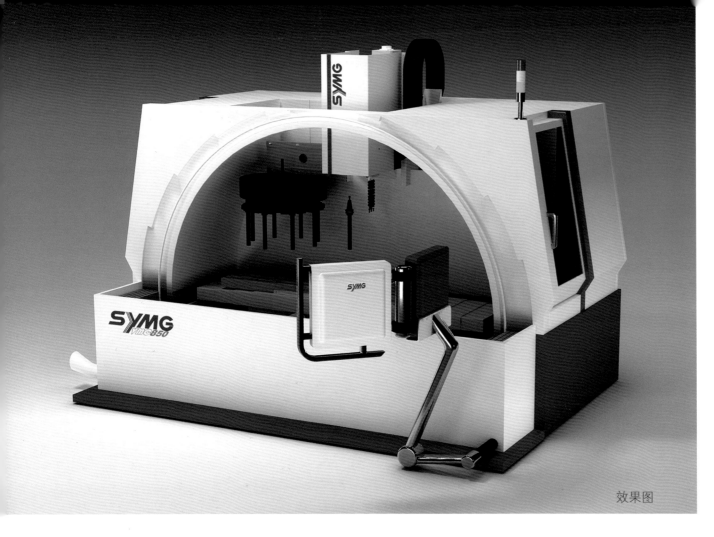

效果图

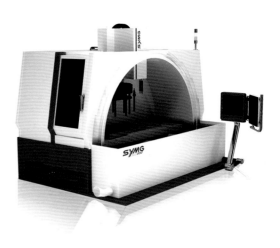

参赛作品： VMC850高档数控机床

参赛单位： 沈阳机床股份有限公司钣焊分公司

设 计 者： 王峰、汪大海、李剑波、陈明

设计说明：

VMC850立式加工中心是一种量产的高档数控机床，该产品具有加工范围广、高刚性、高精度、高速度、高效率、高可靠性、大扭矩等特点，广泛机床适用于军工、汽车等机械行业的阀类、模具等零件的铣、钻、镗、攻丝等加工工序，有效解决多种形状的三维凹凸模型及复杂的型腔和表面。

企业组优秀产品设计奖获奖作品

参赛作品： 电动车充电桩

参赛单位：沈阳机床股份有限公司钣焊分公司

设 计 者：刘静、汪大海、王峰

设计说明：

充电桩是电动力车充电站。产品采用壳体全封闭模式，可防雨防盗。用户插入充电插头后，通过刷卡方式进入使用界面，输入充电时间或金额，客户确定充电15秒后保护盖自动闭合，可防止手轻易触及漏电部分。由于产品的工作环境为-20℃~50℃，并充分考虑散热的要求，所以选用厚度1.0mm以上钢结构，因此具有良好的防电磁干扰功能。

效果图

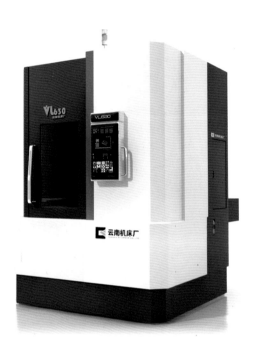

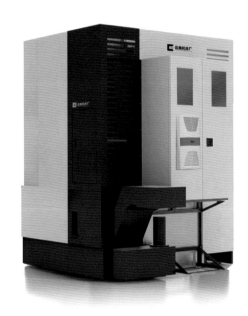

效果图

参赛作品： VL630高档数控机床

参赛单位： 云南CY机床集团有限公司

设 计 者： 王峰、韩爱礼、倪帆、陈显志、吴强

设计说明：

VL630立车是一种量产的高档数控机床，该产品具有加工范围广、刚性高、精度高、速度高、效率高、可靠性高、扭矩大等特点，通过工业设计技术与经验，快速有效地将先进设计、美观造型、可靠性能、稳定精度、简便操作、方便维修融为一体。

企业组优秀产品设计奖获奖作品

参赛作品： 垃圾分类回收处理系统
参赛单位： 天津百利阳光环保设备有限公司
设 计 者： 王峰、赵新军、任庆斌、项佩琳

效果图

设计说明：

为了更好地推动城市垃圾处理无害化、资源化、减量化、自动化，发展低碳经济，建设资源节约型、环境友好型城市，本项目结合特殊的工艺流程及自动化机械对组分复杂的原生垃圾进行全自动分类，设计过程中有效运用工业设计技术与经验，创造性地实现经济、美观、适用以及人性化要求相融合，提升产品外观质量、强化企业品牌形象。分类后的垃圾经各类装置收集后作为产品的原材料回收利用。经分选后，垃圾可分为有机物、金属、塑料瓶等10种类型，90%以上都可以回收利用，只有剩下不到10%的残渣需要填埋。

该系统设备全部国产化制造，占地面积小，可将垃圾中的绝大部分可利用的资源进行回收，其自动化程度高、产量大、分类精度高、清洁度好、能耗低、性价比优，适合我国复杂混合的生活垃圾处理，经济效益、社会效益和环境效益非常显著。在造型上追求巧拙合一、刚毅庸俊；赋予产品一种平衡的、色系统一的明亮色彩，通过追求"清新"这一审美特质，从而在同行业中取得独特性；遵循秩序化原理，完美实现其使用价值，直到每一细部的处理，并且优先采用简约化形式；压缩机各个分区明确，视觉标准统一；产品整体上"精致、简约"，各种类型产品风格统一。

企业组优秀产品设计奖获奖作品

效果图

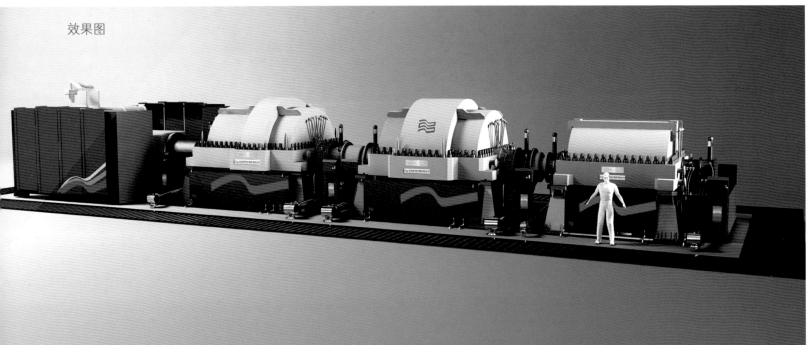

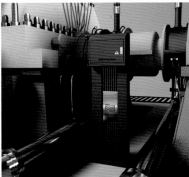

参赛作品：百万吨乙烯裂解气压缩机
参赛单位：东北大学工业设计研究所
设 计 者：王峰、郭九梅、周淼、郭欢

设计说明：

乙烯三机（丙烯、乙烯、裂解气）是乙烯装置的核心设备，裂解气压缩机是百万吨乙烯装置的"心脏"。我国目前压缩机基本上还是沿袭传统功能造型和颜色配置，工程中管路设置零乱，缺乏视觉美感。本项目有效运用工业设计技术与经验，创造性地实现经济、美观、适用以及人性化要求相融合，提升产品外观质量、强化企业品牌形象，该机组外观设计得到企业用户的一致好评。

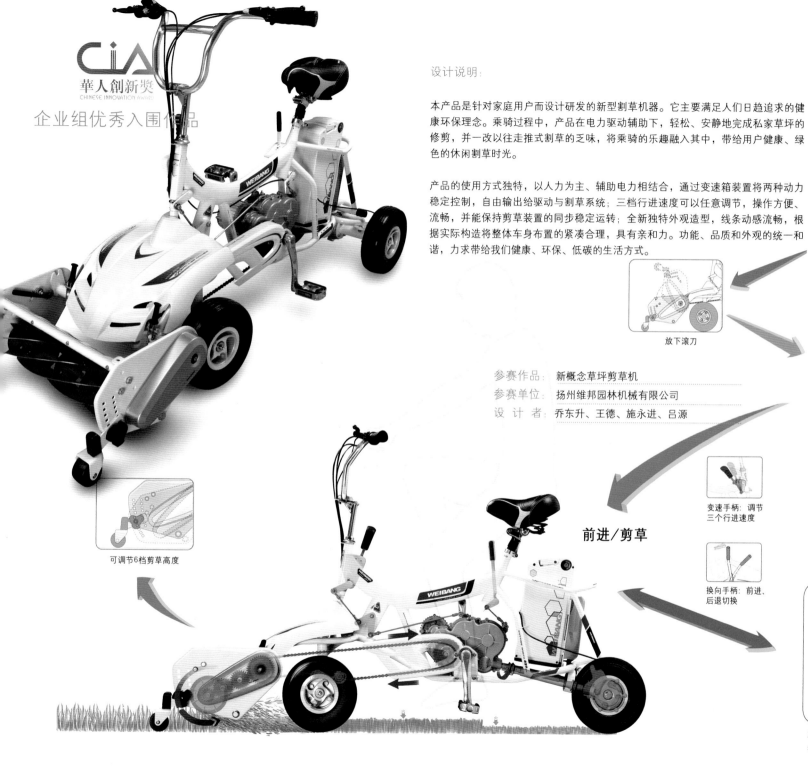

设计说明:

本产品是针对家庭用户而设计研发的新型割草机器。它主要满足人们日趋追求的健康环保理念。乘骑过程中,产品在电力驱动辅助下,轻松、安静地完成私家草坪的修剪,并一改以往走推式割草的乏味,将乘骑的乐趣融入其中,带给用户健康、绿色的休闲割草时光。

产品的使用方式独特,以人力为主、辅助电力相结合,通过变速箱装置将两种动力稳定控制,自由输出给驱动与割草系统;三档行进速度可以任意调节,操作方便、流畅,并能保持剪草装置的同步稳定运转;全新独特外观造型,线条动感流畅,根据实际构造将整体车身布置的紧凑合理,具有亲和力。功能、品质和外观的统一和谐,力求带给我们健康、环保、低碳的生活方式。

放下滚刀

参赛作品: 新概念草坪剪草机
参赛单位: 扬州维邦园林机械有限公司
设 计 者: 乔东升、王德、施永进、吕源

初始状态

可调节6档剪草高度

前进/剪草

变速手柄: 调节
三个行进速度

换向手柄: 前进、
后退切换

空档状态: 测试剪草装置是否正常运转

后退: 将换向手柄置于前端位置,骑
行后退。

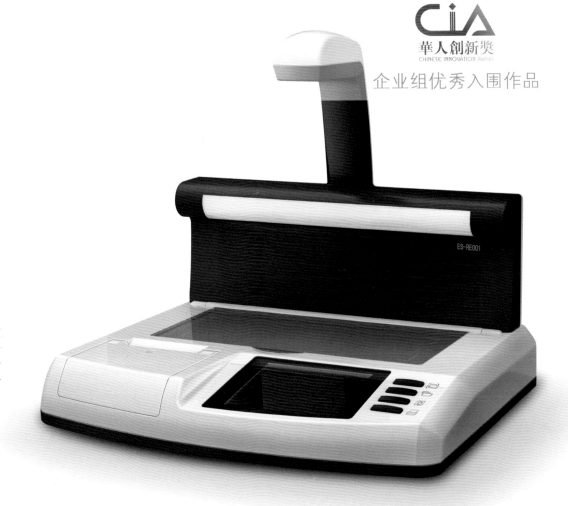

参赛作品： ES-RE001型嵌入式残币兑换仪
参赛单位： 天津市宏达源科技有限公司
设 计 者： 张磊、刘勇、刘盟涛

设计说明：

根据市场调查，银行员工在处理残币兑换业务时主要靠换算尺来估算残币的残损面积，尤其是在遇到1/2、3/4这样的兑换临界值时，非常容易产生歧义，而且校对残币的时间较长，影响了银行的工作效率，也耽误了客户的宝贵时间。因此，研发一款供银行专用的残币兑换仪成为当务之急。

"ES-RE001型嵌入式残币兑换仪"主要用于银行的残币兑换业务，集电子取像、自动换算、人机界面显示、打印凭条等多功能于一体，为银行操作员工带来极大的便利。目前市场上的同类产品几乎没有，该产品的推出彻底改变了传统的残币兑换方法，填补了市场空白，对于我国人民币回收有着重要的意义。该项目从市场调研、用户分析、设计定位、方案设计与论证、结构设计、手板制作、模具设计、生产加工共经历8个月的时间，设计方案进行了多次的修改和不断地深入推敲，在模具制造和注塑过程中进行了严格的跟踪。

A 接通电源 并打开电源开关

B 开机5秒钟后液晶显示屏显示操作界面

C 打开玻璃板平整放入残币于黑色取相区域

D 盖上玻璃压板

E

按下操作区""按键可选择不同版本的人民币
按下操作区""按键可选择不同面值的人民币
按下操作区""按键取相并显示残币兑换信息
按下操作区""按键可打印出兑换残币信息
然后去银行服务窗口兑换应得的人民币

CHINESE INNOVATION AWARD

自由组获奖作品

金奖、银奖、铜奖
最佳实用功能奖、最佳设计表现奖

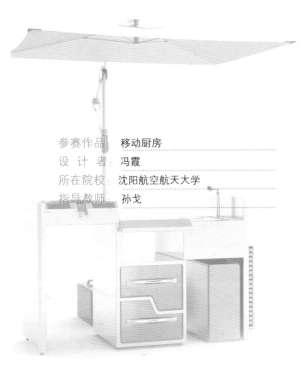

参赛作品: 移动厨房
设 计 者: 冯霞
所在院校: 沈阳航空航天大学
指导教师: 孙戈

自由组金奖作品

设计说明:

本移动厨房主要针对热衷于旅游和享受高品位互动生活的年轻人群而设计。产品打破了固定厨房空间的概念，将厨房集成化、产品化，使人们的烹饪地点变得灵活，既可以在厨房使用，也可以在客厅、阳台、花园等露天场所享受无极限的烹饪乐趣。为了便于室外使用，该产品还配备了一定的辅助设施，增加了户外使用的灵活性。

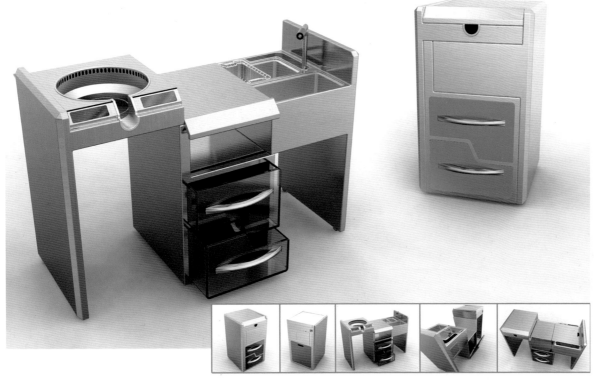

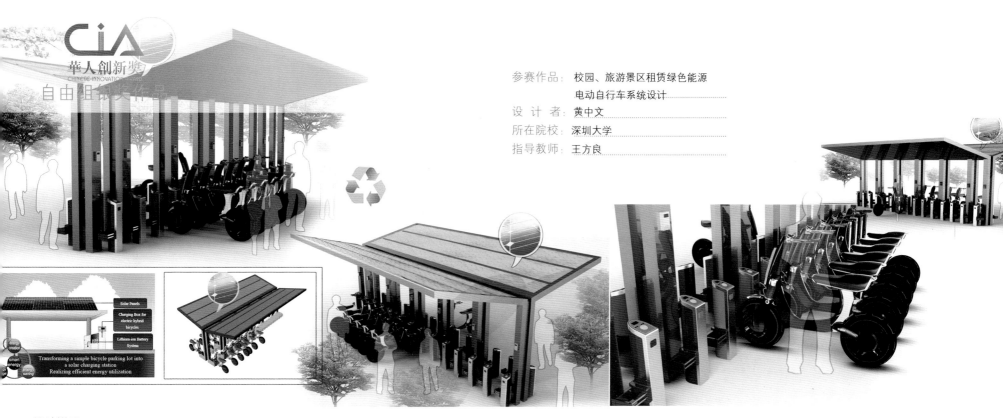

参赛作品： 校园、旅游景区租赁绿色能源
电动自行车系统设计

设 计 者： 黄中文
所在院校： 深圳大学
指导教师： 王方良

设计说明：

电动自行车给人们的生活带了许多方便，越来越多的人开始购买电动自行车。但是，随着电动自行车的飞速增加，城市空间变得越来越拥挤，停车位越来越紧张。在这样的背景下开发的这款用于校园或旅游景区、社区等实名制区域的绿色能源电动自行车租赁系统不仅可以给用户提供便捷服务，也可以提高使用效率，并进一步减少车辆对环境和城市空间的压力。该系统可以通过交押金使用，也可以采用公交车IC卡或校园卡使用，此外还可以月租、日租，学期租等。

参赛作品： "清忆之影" 新中式家具设计
设计者： 刘琴
所在院校： 四川省绵阳职业技术学院
指导教师： 吴哲、向前

设计说明：

本套新中式家具主要为高端消费人群而设计。产品主要运用实木与布艺坐垫相结合的方式，运用流畅的线条、简洁的造型、淡雅的色彩，给用户带来一种"饱满、宁静、素雅、高贵、简洁、现代"之感，也体现了古典元素与现代设计的融合。同时运用科学合理的榫卯工艺，给人耐以寻味的结构美。其中，沙发的创意是来源于唐朝女性穿的花盆鞋的造型元素，靠背椅的创意是来源于唐朝服饰中的造型元素。

自由组铜奖作品

LED灯

尾灯

转向灯

简洁明了的
仪表盘

内置电池和电机
蜂窝状散热设计

一对相距较近的车轮，
两者的速度差为车转
向提供动力。

参赛作品： E-Cycle 城市电动车设计
设 计 者： 罗建平 、周钟
所在院校： 清华大学美术学院
指导教师： 蔡军

设计说明：

E-Cycle是为城市年轻人设计的一款用于短距离代步的
电动自行车。该产品有一对相距较近的车轮，运用差速
进行转向。内置的陀螺仪可以实现动态平衡。骑行过程
中，人力为主要动力来源，同时由锂电池蓄电，提供辅
助动力。其特点是可以快速地折叠成很小的体积，方便
携带。平时可以将其置于家中，作为一个健身器材，健
身的同时为车充电，实现真正的零排放。

E-Cycle City Bike

折叠过程图

1750mm

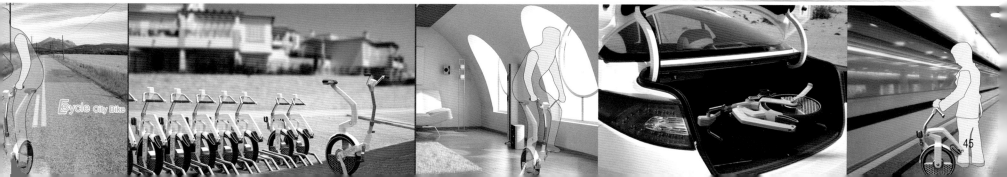

E-Cycle City Bike

45

参赛作品: **Explorer 探索者**
设 计 者: 李开凡
所在院校: 吉林动画学院
指导教师: 安猛

设计说明:

在不远的将来,2025年,不断膨胀的汽车数量使都市的负荷沉重不堪,人们不得不面对交通拥挤、环境污染严重的城市问题。在充电锂电池和电动车技术的不断发展成熟的前提下,Explorer应运而生。

Explorer主要使用人群定位在未来大都市生活的青年人。它将汽车的优势属性附加到了电动摩托上,不仅拥有帅气的外观,而且操作方便,具有环保、轻巧等特点,还可以缓解城市交通拥挤,成为年轻人未来短途出行的最佳选择。

展开模式　　　　　　　　　　收拢模式

自由组铜奖作品

参赛作品： N-WASHER概念清洁机
设 计 者： 娄焕志
所在院校： 山东工艺美术学院
指导教师： 付志伟

设计说明：

现如今市场上的洗碗机形式基本一样，都需要把大量的碗筷放进去，然后统一清洗。当数量较少时不仅浪费电能也浪费水资源。对于新一代青年人来说，每次的碗盘量并不大，没有必要使用如此庞大的洗碗机，同时为了保护皮肤还会戴上手套去清洗。N-WASHER从现有洗碗机浪费资源、使用不方便等问题入手，利用超声波将污物脱离瓷盘表面。使用时犹如面包机，将带有污物的瓷盘放置清洗槽内，内部的托条逐渐向上移动，在移动的过程中，通过超声波将污物固化使之脱落到污物收集盒。当盘子露出时即清洗干净。如此一来，既节省水资源还不会污染使用者以及其他工具。

■ 前脸特写

■ 瓷盘托条

■ 污物收集托盘

■ 通气口

● 機身(手持式砂帶機)

● 機身+基座外殼(桌上型砂帶機)

(基座外殼可手提，方便攜帶。)

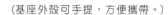

自由组最佳实用功能奖作品

参赛作品： DIY两用砂带机
设 计 者： 陈羿伶，张力仁
所在院校： 台湾岭东科技大学
指导教师： 李雁隆

设计说明：

1、 把桌上型砂带机以及手持式砂带机做结合，以节省放置的空间。
2、 两者结合可提升工作的效率，结合时可方便携带。
3、 不仅可以当工作台使用，而且可以当成工具箱。

● 結構圖：
(三點固定避免彈出，將螺棒插入旋轉鎖緊即可固定。)

更換砂帶開關

外側安全開關

三點固定處，為螺棒。

● 爆炸圖：
(桌上型砂帶機使用狀況)

手持式砂帶機主機

底座外框

三根螺棒，
將基座外殼架緊密結合。

(結合時可手提，方便攜帶。)

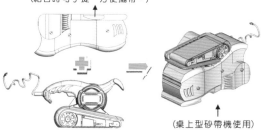

(桌上型砂帶機使用)

● 情境圖：

將機身及基座外殼結合，
倒過來的時候，
可變成桌上型砂帶機使用情況。

啟動內側開關，
即可使用，
此為手持式砂帶機使用情況。

細部說明

① ↑安全開關(外側開關)

② ↑啟動開關(內側開關)

③ ↑Switch on(持續鈕)

↑更換砂帶紙開關

⑤ ↑三點固定處(螺棒)

48

自由组最佳实用功能奖作品

参赛作品：T-BICK

设 计 者：王俊杰

所在院校：山东工艺美术学院

指导教师：付志伟

设计说明：

T-BICK是为年轻人设计的一款折叠自行车，主要用于都市休闲。本车最大的特点是既可作为单车骑行也可以多车组成协力车，让用户体验共同骑行的快乐。T-BICK通过转轴方式进行折叠，造型简单大方、材料轻便、造价低廉，既有稳重的银白黑搭配也有彩色系列，可以满足不同人的喜好。这款产品充分考虑到人的情感需求，让骑车变成一种情感交流，共同体验合作的乐趣。

展开到折叠

万向
小型乘用车设计

参赛作品："万向"小型乘用车
设 计 者：王蒙，程强强
所在院校：大连交通大学
指导教师：邹雅琢

设计说明：

这款"万向"小型乘用车是针对当今城市交通问题而设计的一款概念车型，主要用户为追求时尚前卫的年轻人。该车辆适合在城市中的各种路况行驶，可以针对不同的路况调整车型，改革停车方法，使交通更高效。此外，车辆采用绿色能源，实现环保。

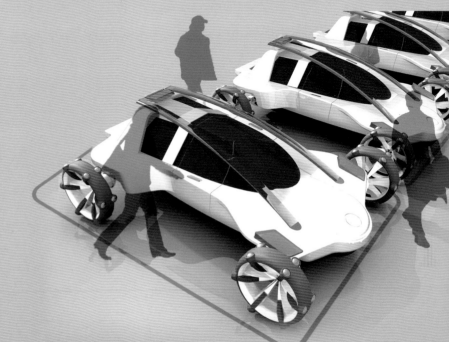

设计说明：

本产品以烟囱的造型为创意来源，用烟囱向外排烟的反思路为出发点，诠释了烟囱带来的污染。产品适用于家庭生活，小空间公共环境，主要为广大吸烟以及被迫接受"二手烟"的人群准备，可以将由吸烟带来的污浊空气净化，并带有不同颜色的光，提示空间中的烟含量。产品内置烟灰缸也可拿出来使用，旋转式开口，采用金属及塑料材料，色彩可有多种选择。产品上部有指示灯，可发出不同颜色的光，提示空间中的烟含量；同时可以加热香薰，使其挥发香味。

可乐马古典家具博物馆成立于2009年12月30日，计划2011年对外开放。该馆创建人马可乐先生是著名古典家具收藏家，倾其半生精力致力于中国古典家具的保护、研究、鉴定、修复、收藏。避免了无数珍贵古典家具的流失和毁坏，给当代中国人留下了一大批可供研究鉴赏的珍贵实物。以此收藏为基础，在天津武清开发区建立了天津可乐马古典家具博物馆。该馆展示的古典家具填补了国内外大博物馆的空白，其原汁原味的宋元明清家具收藏给中国古典家具的研究领域提供了难得的实物资料。该馆除将不定期举办中国古典家具的研讨活动，普及收藏文化知识外，并积极参与当代新古典家具的设计研发，为延续中国古典家具文化做出积极贡献。期望通过古典家具文化知识的宣传和普及，丰富中国人民大众的文化生活，增强人们对中国传统文化的认知。

该馆坐落于天津武清开发区软体经济园区旁，东西临近京津高速及京津塘高速武清出口，乘京津动车由北京出发到武清区仅18分钟，地理位置十分优越。该馆独具特色的收藏，必将成为中国私人博物馆中一个受人欢迎的参观胜地。

可乐马古典家具博物馆
C.L.Ma Classical Furniture Museum

重点项目

"可乐马杯"现代中式家具创新设计

可乐马家具创新特别奖获奖作品

以现代居室的结构、风格为设计基础，以满足现代都市生活方式为设计目标，以古典家具中的传统元素或传统工艺为文化原型，吸取传统造物的精髓，并融合现代美学元素，开发设计具有现代生活文化特征的"新中式"家具及家居理念，在继承的基础上开创新的设计哲学，体现时代精神，创造富有中国文化特色的现代生活新体验。

现代设计·中国风·新中式

华人創新獎
CHINESE INNOVATION AWARD

可乐马家具创新特别奖作品

松月椅

重点项目

参赛作品： 松月椅
设 计 者： 罗贤凯
所在院校： 天津工业大学
指导教师： 杨爱慧

设计说明：

本产品主要使用人群是中等收入者，使用环境是家庭。设计中，提取了中国古代圈椅的元素，并结合现代居家风格和木材加工工艺，使产品不仅具有文化特征，又富有现代感，加工成本也较低。此外，椅面采用较柔软的材质，增加了产品的舒适性，也满足了不同用户的喜好和要求。

Modren&traditional
M+T china furniture

重点项目

参赛作品：M+T china furniture
设 计 者：单华标
所在院校：浙江大学
指导教师：张旭生

设计说明：

M&T China furniture 指的就是现代(modern)和传统（traditional)结合的中式家具。主要针对年轻人设计，是带有中国文化特色的现代书房家具。包括办公组合中的一把椅子和一张桌子。产品通过两种不同的材质（鸡翅木和香榧木）呈现出色彩的变化，鸡翅木为黑色，香榧木为黄色，以此丰富家具的层次感。鲜亮的色彩加上简洁的线条衬托出强烈的现代感。形态上保留明式圈椅和台案的一些典型特点，比如台案中的霸王枨、圈椅中的圆形椅圈、"s"型靠背、榫卯结构、台面组合结构等等。整体形态上通过简化的方式来体现现代气息，不包含任何木雕图案，所有线条都简单明了，传承更多的是明式家具中的禅味，明亮色彩和精致线条的搭配呈现出洁净的空灵感。

可乐马家具创新特别奖作品

重点项目

参赛作品：融.汇
设 计 者：王俊杰
所在院校：山东工艺美术学院
指导教师：付志伟

设计说明：

　　"融.汇"是一款新中式家具设计，该产品大方稳重，线条感强，曲线优美，既体现了木材的沉稳大气，同时弯曲的造型又让人觉得柔美。在设计中，大胆提取了中国元素，镂空的条状减轻了实木的沉重感。茶几与座椅格调统一，红黑坐垫的搭配充分体现中国色彩。坐垫与家具相互交叉融合，体现了博大的中国精神。

品扇

创意来源：
1、从"膳"与"扇"的谐音出发。
2、阴阳互补、虚实相生的道家思想。
3、折扇优美的弧度和轮廓外形。
4、木梳的韵律感和形式美。

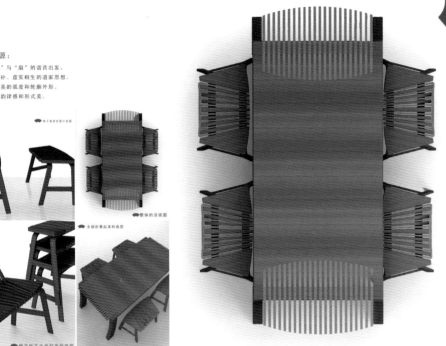

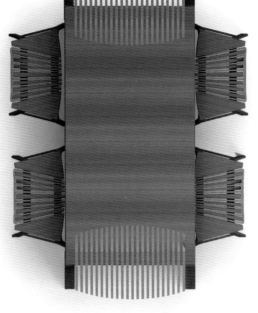

PINSHAN品扇

重点项目

参赛作品： "品扇"新中式餐厅家具
设 计 者： 刘玉磊、马艳阳
所在院校： 四川大学

设计说明：

　　"品扇"是一套新中式餐厅家具。"品扇"谐音"品膳"，适合30—45岁中产阶级家庭餐厅使用。以中国传统文化中道家的虚实观念为设计核心，以充满文化意蕴的折扇形态为主要造型元素，既体现了传统实木工艺的品质感，又符合现代审美和家居环境的需求。产品采用可以变换的造型方式，增强了家具与使用者的互动和情感化交流，也扩展了该套家具的使用环境和功能范围。折扇是中国古代文人常用的物件，除了实用功能，也具有装饰功能，能体现使用者的地位和文化气质。折扇的形态也成为中国文化的一种象征符号，其优美的弧线和雅致的线条成为本套家具造型语言的主要形式。木梳是古代女子的必备用品，精致的线条排列构成强烈的韵律感，犹如一曲唯美的歌谣。本套家具中对木梳形态的抽象提取体现了中式家具特有的工艺美和结构美。

重点项目

参赛作品: "花开富贵"客厅家具设计
设 计 者: 侯占怡
所在单位: 天津城市建设学院

设计说明:

本套客厅家具设计的消费群体定位于具有一定文化品位和事业基础的中、老年人群。在设计风格的把握上也尽量靠近消费群体，以稳重、高雅为基调，以突出传统家具设计中含蓄内敛的精神特质。成套的设计适宜放置在客厅环境中，但拿出其中的任意一件家具也可以作为整体环境中的点缀。在材料与工艺上尽量发挥实木家具的特点，力求做到立足传统兼具创新。形式的创意主要来源于中国古典明清家具中的设计精华。

自由组获奖作品

优秀奖

参赛作品：红袖添香

设 计 者：李彦娥、彭嘉乐

所在院校：广东肇庆学院

指导教师：王锡斌

设计说明：

这套新中式家具的灵感来源于中国传统家具——香墩，适用于客厅，定位在30—50岁喜爱古典风格家具的人们。"红袖添香"是中国古典文化中一个很隽永的意象。总体风格简洁古典，并具有新的意味，优美流畅的曲线一如婉约的女子，古典又不失创意，端庄又带有巧妙，低调而不失美好，令人眼前一亮，为现代人的生活增添无限芳香。

参赛作品：清风轩

设 计 者：石亮

所在院校：华南农业大学

指导教师：周宁昌

设计说明：

这款"清风轩"新中式餐桌椅主要面向中高薪层消费人群，各个年龄阶段都可根据个人爱好选择使用。可用于家庭居室内餐厅，随空间大小及用餐人员数量选择一桌两椅、一桌四椅、一桌六椅等组合方式；也可用于大型中式餐厅，成套使用。主要为用餐的桌椅，如有需要也可用于其它用途，如：书桌等。创意灵感来源于秋风扫落叶的景象以及对新中式风格的研究和个人理解。

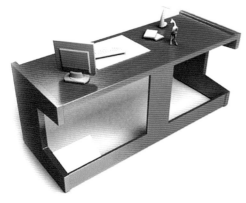

参赛作品： "锐中式"书房家具

设 计 者：刘奇涵

所在院校：吉林动画学院

指导教师：安猛

设计说明：

"锐中式"书房家具主要适用人群是从事设计行业的消费者，也同样适用于大众使用。创意来源于明式家具的形式与现代设计理论的相结合，用现代理念包裹传统灵魂。"锐中式"书房家具造型古朴雅致，选用上好的实木材料，质地平滑柔和，色彩采用棕黄色，棕红色，给人视觉惬意。书柜可拆分重组，可以根据室内格局的不同，或个人喜好任意拆分重组。

参赛作品：回

设　计　者：耿仁平、贾秋实

所在院校：山东工艺美术学院

指导教师：付志伟

设计说明：

该产品的创意来源主要来自中国现代家具中存在的两个问题，一个是如何很好地节约家具的空间占用，另一个是如何使现代家具既具有中国传统文化又不失现代感。该产品就是以这两个问题为出发点进行设计的。材质上选用木质与不锈钢相结合的方式，体现了古典与现代的融合。使用人群以中老年人为主，使用环境为中式风格的居室。

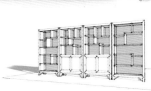

参赛作品：古典新解

设 计 者：于德华

所在单位：北京理工大学

设计说明：

该产品的使用人群是对中国文化、中国传统家具有认同感的人群，主要放置在客厅使用，创意取自中国明式家具，在此基础上进行创新，使其满足现代人的生活使用需求。产品主要使用实木，可以是榆木、核桃或其他柴木、硬木材料，采用传统的榫卯结合方法，色彩为柴木上漆或硬木本色。此书房设计是以中国明式家具为原型进行的再设计，因此称其为"古典新解"。设计的家具力求保持明式家具的风格，在造型、结构、做法上都进行了再创新，满足现代人们的审美和功能需求。

设计说明：

本客厅家具设计针对35岁—55岁的人群，适用于客厅，主要有储存、装饰、分割等功能。在设计中采用了三孔布币的"孔"元素。将其分解成四分之一圆，组成了半圆形式和满圆形式，其中半圆形式是用在椅子的靠背上；满圆形式用在茶几组合上，考虑功能，将其设计成有一定空间的箱型结构，可存储一些东西。再在茶几组合中间空出的圆形位置放一个与之相当的有格子镂空的木板，其中有"月满则空"的理念，扶手和脚都采用了大小形状不一的线条。椅子坐垫和靠背半圆垫用蓝色粗线织布软包材质，茶几和电视柜的一些部件采用现代感较强的磨砂玻璃材质，不同材质之间的组合，线条之间的变化，这样的产品给人一种焕然一新的视觉感受，让其不光有古典美的韵味还具有现代的时尚感。工艺方面采用了传统的榫结构。

参赛作品： "21克拉典藏"
设 计 者：张思梦
所在院校：绵阳职业技术学院
指导教师：吴哲

華人創新獎
CHINESE INNOVATION AWARD

优秀奖作品

参赛作品： 曲艺
设 计 者： 李东航
所在院校： 山东工艺美术学院
指导教师： 付志伟

设计说明：

该产品主要针对的是中国年轻消费群体，他们在买房买车的同时，一定也会选购能够使自己称心如意的家具。该产品在居室中使用。餐桌和餐椅都可以上下调整高度，方便用餐者调整到适合自己的高度。该产品的创意来源于中国古代的瓦当。餐椅主体是用木材制作的，椅腿上半部分是木材质地，下半部分是钢材。餐椅主面中间是镂空的，这样可以放置一些东西，如：书、手机、笔等。餐桌的腿可以抽拉，调整桌面高度，这样更加人性化。

椅子背部以及桌子腿部的弯曲，是为了更好的承重。
美观的同时保证功能的需要，整套家具都是由实木板材
热弯形成，表面的凹槽处理，加强视觉层次，同时可以
起到疏导水流的作用，便于清理。

设计说明：

现代中式餐桌设计，创意来源中国传统的牌楼，融合现代设计中的线条元素，实现传统文化与现代风格相融合，在解
决审美问题的同时，也强调了功能。桌面表面的凹槽起到疏导水流的作用，两边弯曲出的缝隙可以塞杂志报刊等，方
便下次继续浏览，家具腿部的弯曲可以更好的承重。

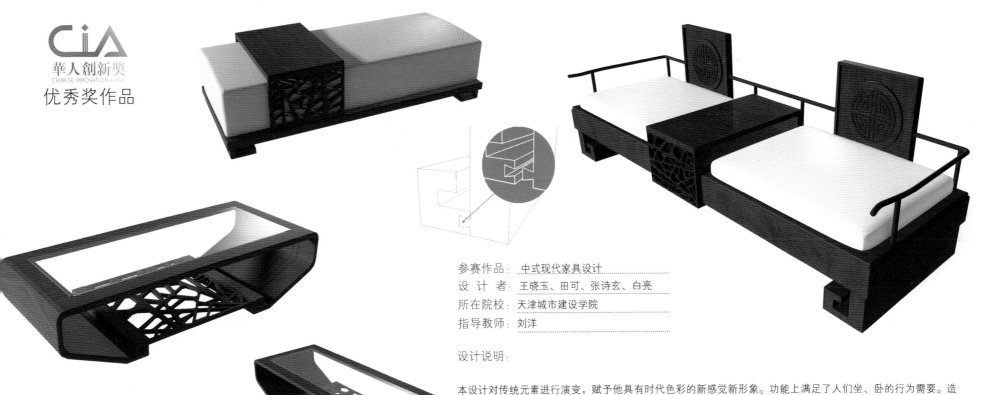

参赛作品： 中式现代家具设计

设计者： 王晓玉、田可、张诗玄、白亮

所在院校： 天津城市建设学院

指导教师： 刘洋

设计说明：

本设计对传统元素进行演变，赋予他具有时代色彩的新感觉新形象。功能上满足了人们坐、卧的行为需要。造型上将具有现代感的几何元素及软垫、靠枕融入传统家具当中，既符合现代人的审美需求，也增加了使用上的舒适感和随意性，体现了"以人为本"的设计宗旨。家具由一套组合沙发和一个茶几组成，工艺上，它们共同运用了几何透雕板作为装饰，双人沙发的背板花纹运用了浅浮雕的加工工艺。材料上，由于山西、北京地区的榆木木质紧密、纹美、硬重质柔，所以我们选取了榆木作为主要材料；以皮质、泡棉作为辅料；结构上主要采用传统的榫的插接方式；最终组合成套，其特点是安全美观、舒适大方。

参赛作品：现代中式家具设计
设计者：刘洋
所在单位：天津城市建设学院

设计说明：

本产品为30-50岁中产阶级人士使用的书房家具。书柜设计方案创意来源是利用中国汉字元素，以"福"字的形式构成柜体形态，书柜设计的功能和形式结合巧妙，其形式为双层左右推拉式，形成开敞和封闭的空间，不仅可增加书的收纳容量，还可以合理利用空间，塑造虚实相间的艺术效果。

参赛作品：Future City
设 计 者：张健、姜虹
所在院校：大连交通大学
指导教师：邹雅琢

设计说明：

本设计针对大都市交通拥挤的现状，为开车，坐车的人们带来一种新的交通模式，使日益恶化的塞车和停车等难题得到彻底的解决，极大地提高了车子的使用效率，为人们节省了时间。

整个城市铺设流水线式的地下……
随便哪里都能取车，哪儿都能……
从此城市再没有堵车，停车难……
这是世界交通发展的一个里程……

New Traffic Style

Future City
未来概念交通

Future City
未来概念交通

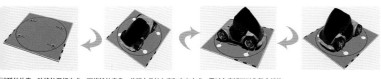

兹酷的外表，独特的开门方式，可旋转的底盘，前所未见的入库和充电方式，平时车库板可以为整个机构充电，车子的清洗，充电，维修都在地下进行，让地上的世界真正的释放出来！全城租赁的概念交通离我们不再遥远！未来城市将实现交通工具利用率最大化！

■平时可以吸收太阳能为车子充电的太阳能车库板向两边打开，车子从库中升到地面上，车头对着公路

ONE

■车门连同车窗一起向前翻起人可以很轻松的坐到里面，输入目的地，然后就可以喝茶看报纸了

TWO

■车子接受完指令后，会自动合上车门，向目的地开去，同时底盘下落停留在地下第一排，车库门关闭，继续为整个系统吸收太阳能

THREE

■车子到了目的地之后，会自动选好停车的位子，把乘客放下后，进入车库，旋转，充电，为下一个顾客做准备

FOUR

69

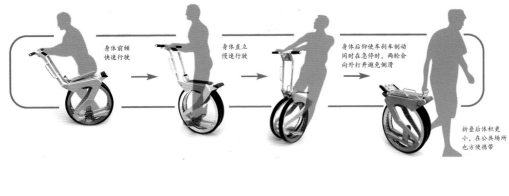

身体前倾
快速行驶

身体直立
慢速行驶

身体后仰使车刹车制动
同时在急停时，两轮会
向外打开避免侧滑

折叠后体积更
小，在公共场所
也方便携带

参赛作品：都市"刀郎"折叠电动车

设 计 者：金长明

所在院校：沈阳大学

设计说明：

本手提电动车是专为18-35岁的青年人使用的，是一款可用于上班或上学的便捷产品。本产品具有车身小巧、可折叠、方便携带等特点，主要适用于城市使用，不仅节能环保，也减轻了交通压力。车身全部采用碳纤维，重量轻，结构稳定，外形极具动感，酷似跃起的螳螂。产品所占空间较小，机动灵活，既可以手提，也可方便地移动。

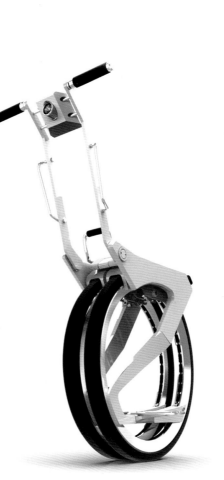

参赛作品：背包自行车

设 计 者：陶永超、吴寒、郑艳玲

所在院校：长春理工大学

指导教师：郑艳玲

设计说明：

本产品在传统折叠自行车的基础上进行了重新设计。通过巧妙的结构设计，使自行车在折叠后可放入一个书包大小的外壳中，使用者可以将其背到身上，方便了人们的使用。此外，外壳还具有储物功能。

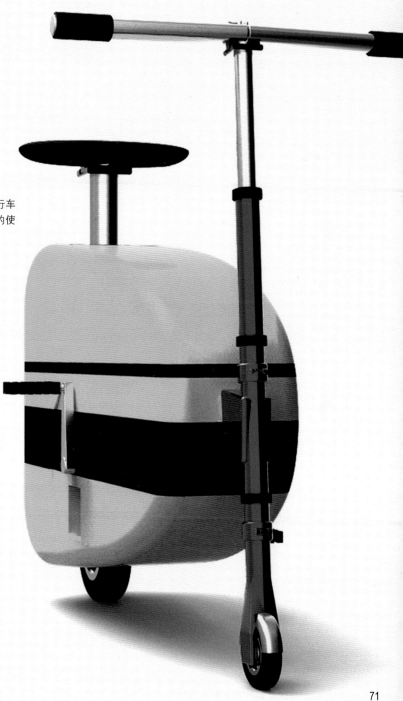

open the door

参赛作品：老年人电动代步车设计

设 计 者：陈成建、张海燕

所在院校：大连交通大学

指导教师：邹雅琢

设计说明：

本电动代步车专为老年人设计，适用于城市慢车道和小区街道。智能化操作系统让老年人无驾驶之忧，按摩椅功能使老年人在驾车之余得到休息和享受。车辆采用圆形滑门和无观后镜设计，节约停车空间，缓解交通拥挤问题。动力采用无污染的电力能源，绿色环保。此外，车辆外形优雅美观，时尚简约，同时又不失稳重感；大玻璃门和大玻璃窗提供了大视野和通透的空间，让人们时刻注意到老年人的存在。

Four Wheels Car For Senior
老年人电动四轮车设计 O FRIEND

参赛作品：O-Friend 老年人电动四轮车
设计者：林海宇
所在院校：中山大学

设计说明：

本设计主要针对在城市中具有一定收入的老年人，主要供他们在如今人满为患的城市中代步使用。产品除了主要的代步功能之外，也提供给老年人一个户外舒适的休闲空间。设计来源于日本本田的电动轮椅与索尼的机器狗，希望能给老年人一个舒适愉快的老年生活伴侣。

显示电源

平时状态：

用于平时乘坐，感觉就像一把舒适的座椅，无论是行驶还是休闲乘用，都能带给老年人享受。

休闲状态：

老年人喜欢在公共场合闲坐休息，可变换的车结构让老年人在此时能够以更舒服的方式休息。

把手设计 CONTROL DESIGN

发动按钮
POWER BUTTON

刹车按钮
BRAKE BUTTON

● 老年人腿脚普遍不好，脚刹对老年人来说有生理障碍。
● 在把手新设计的刹车与动力按钮，舒适方便，符合人机工程要求。
● 精确度动力感应能使老年人不需要费力气就能很好控制车趴速度。

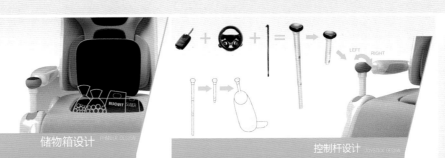

储物箱设计
PHAMBER DESIGN

控制杆设计
JOYSTICK DESIGN

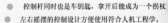
指纹
FINGERPRINT

● 控制杆同时也是车钥匙，拿开后能成为一个拐杖。
● 左右摇摆的控制设计方便使用符合人机工程学。
● 时尚的设计让老人拄着拐杖显得更加时髦。
● 同时使用指纹认证，更好防盗。

后背上、下车模式

特殊情况下，如停靠在"非"自行停
车位且两旁都停着邻车时，驾驶员与乘
客者可从车身后方下车。

从尾部的后盖出，当尾部弯腰的LED
会亮起，以提醒附近行人或本辆车注意
本车启动时，以防发生碰撞意外。

中间过道

削减储物空间	车身空间纵向拓展	多方位上下、车
从节约空间角度考虑，后车厢的空间应该进行削减。	缩小车辆的平面单位面积，同时适当地增加车身高度，则既节约路面空间，也能确保车身内部空间，保证驾驶舒适度。	在原本从驾驶室两侧下车的方式下加入新的下车方式，即从驾驶室的前方下车，以此解决停车时的不便。

参赛作品：都市移动新主张双座微型车G-CAR

设 计 者：关亦骏

所在院校：中国矿业大学

指导教师：钟厦

设计说明：

本车主要针对生活或工作在城市里的年轻人，用于城市化程度较高的地区内各种常见路面，主要满足年轻人的日常出行乘用。车辆采用承载式底盘，车身骨架外露，上方驾驶室的前方是大面积玻璃前罩，两侧为侧门，后方的车尾可连座位推出。解决在"非"字型停车位停车时所遇到的空间不足，从而导致上、下车不便的问题。

参赛作品：如影随"行"－－便携自行车设计
设 计 者：赵建东、张浩洋、王天星
所在院校：山东工艺美术学院
指导教师：付志伟

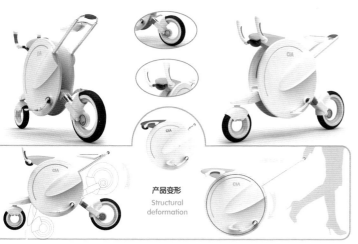

产品变形
Structural
deformation

LIKE ◎ SHADOWS

如影随 "行" 便携自行车设计

设计说明：

此款便携自行车立足于现代都市生活，提供了全新的自行车折叠方式，采用旋转收纳的方式，前后轮可通过转轴旋入收纳腔内。当自行车前后轮收入收纳腔时，可将后座的拉杆拉出，利用滑动轨道，将自行车变为一个可提可拉的便携行李箱，操作简单，移动更加方便，在现代都市中寻找更加人性化的低碳生活，无论是上班族，学生族以及户外旅游爱好者，不必再为车位，搬运自行车和繁琐的折叠方式而烦恼。自行车车体采用轻便牢固的塑钢材料，通过卡扣结构轻松达到自行车的折叠以及展开，色彩选用了白绿搭配，给人以清洁的感觉。

当车与车之间组合时，每一个单独的车体的后轮都是向上收起的，在行驶时，依靠车体球形前轮。这样既节省了空间，也能使车体在行驶中实现方向的转变。

车体之间的链接依靠车轮与车身两旁的磁力装置固定。后车轮合并向上抬起。这款设计的链接方式以蒲公英为设计语言，既贴合了顺风车的概念，也解决的单独车体与其他车体分离方式时的问题。

参赛作品：顺风车FREE RIDE

设 计 者：张冠群

所在院校：鲁迅美术学院

指导教师：杜海滨、张安

设计说明：

顺风车FREE RIDE 是一款以都市人群为设计对象，主要为解决城市交通拥挤、环境污染、车位紧张等问题而设计的交通服务系统。创意来源于蒲公英，既贴合了顺风车的概念，也提供了一种车体组合与分离的方式，当独立车体离开时，其剩余车体保持连续。车体之间的链接依靠车轮与车身两旁的磁力装置固定，且车轮可以向上抬起。在行驶时，依靠球形前轮进行传动，这样既节省了空间，也能使车体在行驶中实现方向的转换。

参赛作品：便携式电动自行车
设 计 者：卢丹
所在院校：鲁迅美术学院
指导教师：杜海滨、曹伟智

设计说明：

这款便携式电动自行车主要针对现代年轻人设计，车
体体积小、分量轻，使用便捷，造型时尚，可在拥堵
的道路上任意行驶，发挥其最大的使用空间。车型采
用几何图形中的六边形，使用后可快速折叠起来，大
大地提高了产品的使用效率。在材料上主要利用高分
子塑料与少量的轻体合金属，最大限度地减少车体重
量；颜色主要是以白色为主要色调，可任意进行色彩
搭配；车体的许多部位可根据使用者的需求，进行更
加符合人体工程学的自由调节。

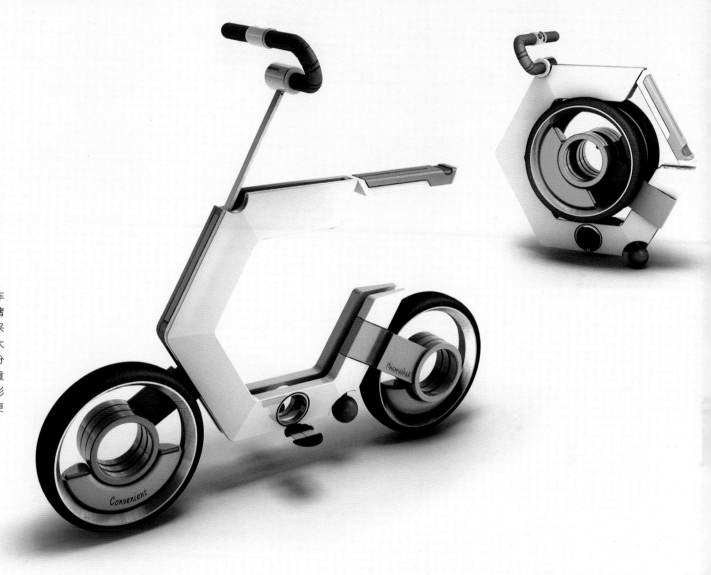

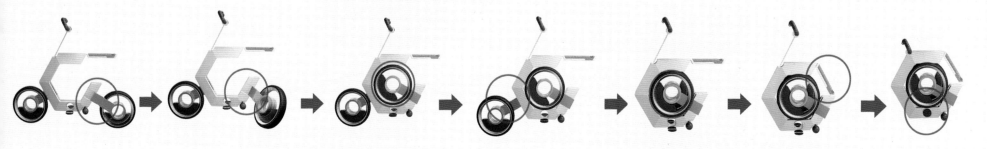

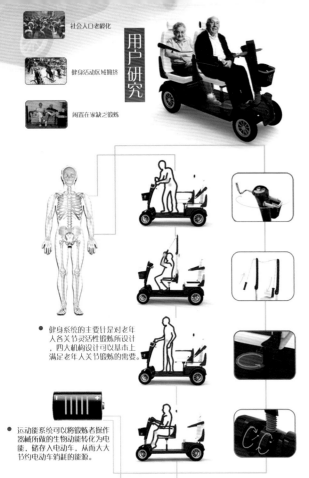

社会人口老龄化

健身活动区域拥挤

闲置在家缺之锻炼

用户研究

- 健身系统的主要针是对老年人各关节灵活性锻炼所设计，四大机构设计可以基本上满足老年人关节锻炼的需要。

- 运动能系统可以将锻炼者操作器械所做的生物动能转化为电能，储存入电动车，从而大大节约电动车消耗的能源。

模块卡槽

- 物理固定各种器械如雨伞，保温箱等等同时还提供电力输出功能，为添加在卡槽上的设备提供电力。

语音系统

- 具有语音识别功能，可以根据口令进行对电动车进行操作。
- 车主之间可以通过语音系统进行即时对话。

扩音器

- 车头机壳上的扩音器，可以为老年人提供移动音响设备。

一键切换

- 车头仪表盘，除了现实车速与电量功能之外，还能通过前段的三个按键实现——语音、健身、驾驶三种状态的一键切换。

参赛作品：Leisure乐活
设 计 者：郑中央、伍凡凡、郝梁梁、昝锐
所在院校：华东理工大学
指导教师：王焱

CIA
華人創新獎
CHINESE INNOVATION AWARD
优秀奖作品

设计说明：

leisure是一款针对老年人设计的电动代步车，其在满足传统电动车代步功能的基础上，又将健身器材融入其中，能让老人随时随地享受健身的快乐。

参赛作品：睿达——智能化老年人购物车设计

设 计 者：宋方、逯新辉、田雁飞

所在院校：重庆大学

指导教师：许世虎

推车选购商品　　　　　　行驶或浏览商品　　　　坐着打开储物箱

设计说明：

这是一款专门为老年人设计的购物车，可协助老年人完成从家到超市的交通以及购物需求。平时可作为一辆轻便代步工具。由于搭载了自动导航系统，老年人可通过交互面板选择手动或自动行驶。该购物车结构紧凑，通过抽屉式的结构，使老年人坐在车中便可轻松购物。同时，车座椅也可翻起做扶手，老年人也可以推车进行购物，非常适合在超市狭窄的空间中使用。同时，借助RFID技术，老年人还可通过交互面板实时了解商品信息以及贴身提示。

细节图一

细节图二

驾车人下车步骤

使用环境一

BATTERY在充电站充电

悟撕个人喜好给爱车涂上彩绘

使用环境二

车身尺寸小 高速通不再堵车

停车位置窄 更方便停车

节约移动养空间

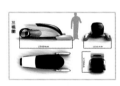 

三视图

2500mm

多台车首尾连接步骤

混合多人游游的驾驶模式
多台车同一个"驾驶人"

个性化
节绿环保

bio

Go Green!

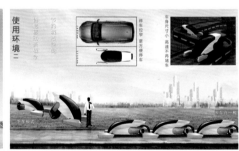

设计说明：

参赛作品：BATTERY个人电动汽车
设 计 者：孙雁冰
所在院校：华东理工大学

BATTERT个人电动车的设计是为了解决现阶段汽车能耗大、停车难、堵车等问题而提出的一个全新的解决方案。BATTERY个人电动车旨在节能环保，创造新移动空间，满足更多人性化需求。BATTERY采用后轮驱动，前轮导向。动力来自于后轮的两个内侧电动机。当汽车没电的时候，可以在充电站进行充电，然后继续行驶。无污染，节能，环保；汽车底盘可以升高驾驶舱，给驾驶人更开阔的视野，并且方便驾驶人上下车辆；BATTERY可以多车合一，多辆车连接在一起，只需要一个驾驶人就能开动整个车队，方便亲戚朋友外出旅行时使用，为驾驶人提供了新的移动空间；驾驶人可以在BAT-TERY车身上涂上自己喜欢的彩绘，让你的爱车与众不同。

设有时间显示和卡路里消耗指数。

通过脚踏板运动带
动齿轮工作，从而
产生动能

鞍部有按摩作用。

参赛作品：小型电动自行车
设 计 者：吴佼姣
所在院校：鲁迅美术学院
指导教师：杜海滨、曹伟智

设计说明：

这是一款专为都市青年设计的便携自行车，它以灵巧剔透的水滴作为元素，以方便时尚为出发点，这正切合了现代都市青年生活方式及其价值观。大城市的年轻人崇尚个性轻松，性格活泼，这款小型便携自行车为年轻人提供更为便携周到的服务。车身采用合金材料，低碳环保。此外，本产品可通过"人力"进行充电，并且车把部位设有时间显示和卡路里消耗指数，鞍部有按摩作用。在骑自行车的同时可以很直观的看到您的时间是否充裕，尤其适合年轻爱美的女性。可以把它当一台健身器，在锻炼身体的同时，也在为自行车充电，

EMOTION DESIGN
情感化 为导向的 加湿器 Humidifier

CIA 華人創新獎
CHINESE INNOVATION AWARD
优秀奖作品

① 特殊纸 ② 导流槽 ③ 储水部分 ④ 出水口 ⑤ 合起状态

参赛作品：情感化为导向的加湿器设计

设　计　者：陈亮

所在院校：徐州工程学院

设计说明：

这款加湿器是为家庭或办公环境使用而设计的。它采用特殊的滤纸作为主要工作部件，这种高科技吸水性"滤纸"在充分浸润的情形下，其蒸发速度能达到同等面积水分自然蒸发速度的5~15倍！通过加速蒸发其上面的水分，达到改变空气湿度的目的。

Heating Cup set

参赛作品：汽车加热杯套

设 计 者：黄悦欣

所在院校：韩国东西大学

指导教师：Bumkyu Kang

设计说明：

本设计利用车内的点烟器对瓶装矿泉水，厅装饮料，咖啡，果汁等饮料进行加热，主要为冬天中开车远行的人员使用。传统的车内加热杯使用起来很繁琐，本设计是一款简单实用的加热方案。

打开方式

120mm

350mm

250mm

上面可以放置一些临时文件

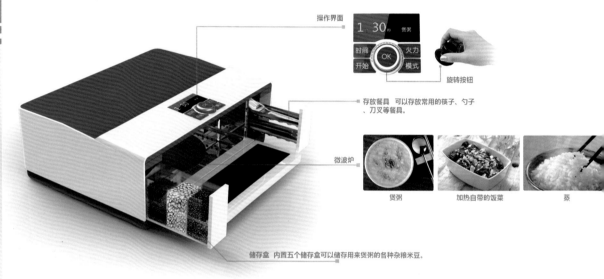

操作界面

1 30秒 煲粥

时间 | OK | 火力
开始 | | 模式

旋转按钮

存放餐具 可以存放常用的筷子、勺子、刀叉等餐具。

微波炉

煲粥 | 加热自带的饭菜 | 蒸

储存盒 内置五个储存盒可以储存用来煲粥的各种杂粮米豆。

参赛作品：Office cooker 办公室专用微波炉
设 计 者：甘娟、赵家朋
所在院校：长春工程学院
指导教师：端文新

设计说明：

这款微波炉专门为办公室的白领设计，解决他们的午饭问题。这个电器体积小巧，可以摆放在办公桌、柜子等地方。这款微波炉具有加热、蒸、煮等功能，不仅可加热饭菜，也可以煲粥。产品的一侧可以存放五种煲粥用的五谷杂粮，另一侧存放常用的餐具。产品造型与办公室环境相适应，解决了白领把传统的厨具（电磁炉、电饭煲、电热锅）存放在办公室的尴尬局面。色彩典雅大方，结构合理紧凑，操作简单。

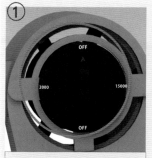

①

↑電源開關(轉速選擇)

④

↑電鑽輔助維護裝置

②

↑安全接點(控制電源)

⑤

↑路達背面圖

③

↑電鑽標準按鈕

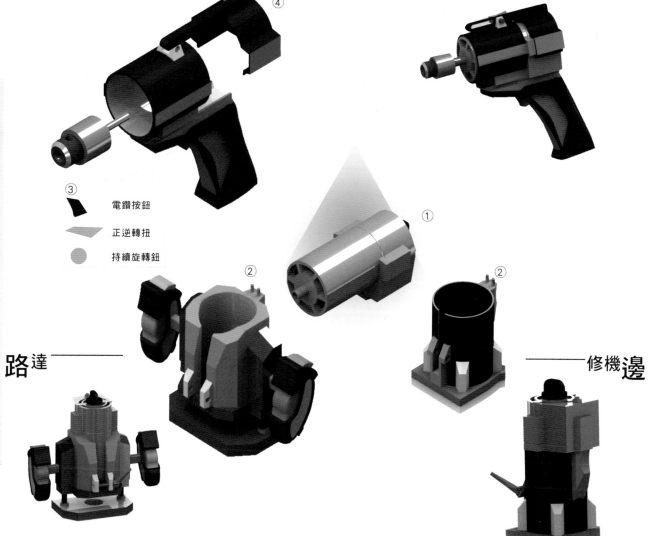

③ 電鑽按鈕

正逆轉扭

持續旋轉鈕

路達

修機邊

参赛作品：三合一电动工具
设 计 者：张力仁、陈羿伶
所在院校：台湾岭东科技大学
指导教师：李雁隆

设计说明：

本产品结合了修边机、电钻、路达等功能，结合不同的配件组来转变不同的功能。两者相同部分的结构作为工具机的主体，在其工具机的使用位置上，赋予适当的功能调整，能够把现有的两台不同功能的工具机作结合，变成一台多功能的工具机，并提高其附加价值。

盖子与鸡蛋托之间有缝隙，平时闭合，当煮粥加热时，蒸汽上升缝隙变大，蒸汽可以将上面的鸡蛋蒸熟，而断电后，随着温度的降低，缝隙也会闭合，防止粥溢出

启动指示灯

定时指示灯，把需要定时的时间对准指示灯，则会在相应的时间启动，开始工作

开关

电磁加热，周围凹槽可将容器稳稳放在上面

晚上将原料准备好

安心休息

早上起床

洗漱时间，自动煮姗，可以在家吃，也可以携带出门

路上堵车、红灯可以吃早餐

带入办公室

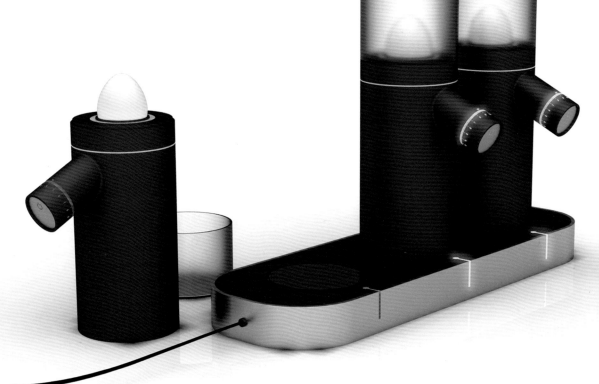

参赛作品：早餐工程
设 计 者：李文怡
所在院校：天津美术学院
指导教师：肖世华

设计说明：

由于现代紧张忙碌的生活，人们经常没有时间吃早餐，长期将导致健康问题。该款早餐机主要针对80后的三口之家，集煮粥、蒸蛋为一体，可以满足三个人不同的口味。如果需要做单人份，也可以单独加热，节能环保。可以随身携带，在家里、车里、办公室都可以进餐，既节省了时间，又解决了营养健康问题。

优秀奖作品

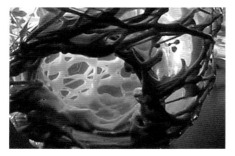

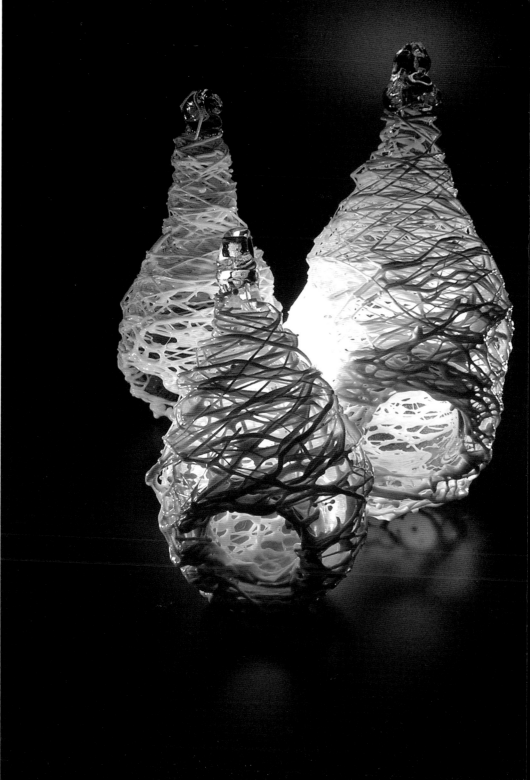

参赛作品：鸟巢灯具设计
设 计 者：王峰、李海波、汪大海、李剑波、陈明
所在单位：东北大学

设计说明：

设计语言的形成取决于材料与工艺，设计师不断拓展自身的表现手法以及技巧的创新，将各
种玻璃材料的组合、制作工艺的变化、探讨和挖掘造型和装饰语言。对材料的迷恋进而自觉
不自觉地玩味于材料的特性，也许是许多艺术家成长过程中必然经历的阶段，同时也是材料
艺术的特征。从材料的特性出发，首先是出于对材料的喜爱，玻璃的透明性，造就了梦幻般
的视觉效果；而半透明的玻璃则是古代仿造玉器的首选材料。这些仅仅是就外观而言，制作
过程中，玻璃的戮度、可塑性、加工方法的多样性更使艺术家们着魔。

参赛作品：数字示温"塞"
设 计 者：赵晓龙
所在院校：天津理工大学
指导教师：窦金花

设计说明：

优秀奖作品

本设计在现有的保温壶、保温杯的基础上添加了显温装置，可以提示用户实时水温状况，用户通过数字显示屏幕可以非常
直观地看到热水的温度以及是否适合饮用的图标信息，可以增加产品的人性化关怀程度。

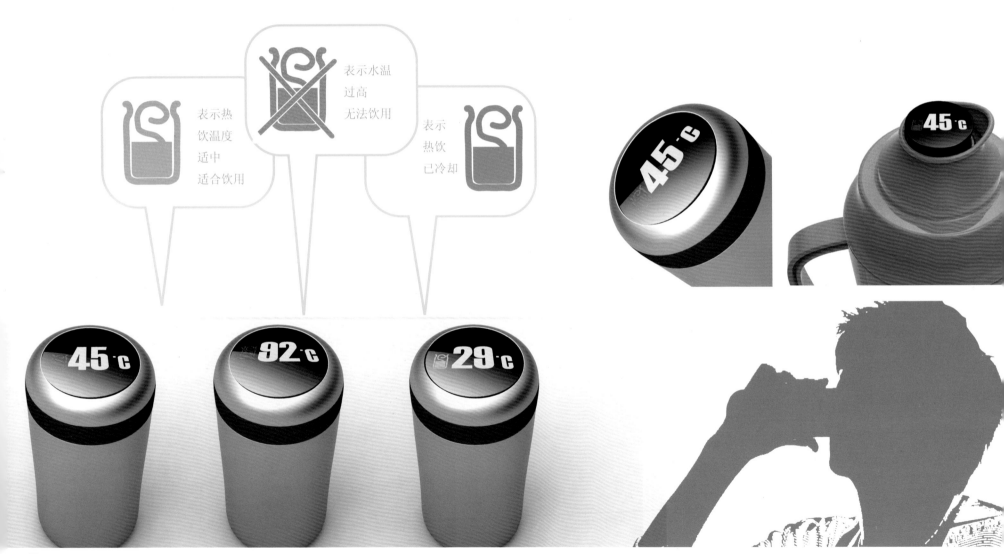

表示热
饮温度
适中
适合饮用

表示水温
过高
无法饮用

表示
热饮
已冷却

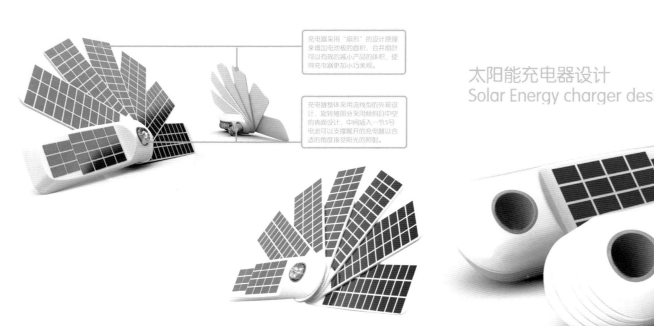

充电器采用"扇形"的设计原理来增加电池板的面积，合并扇叶可以有效的减小产品的体积，使得充电器更加小巧与美观。

充电器整体采用流线型的外观设计，旋转轴部分采用倾斜且中空的表面设计，中间插入一节5号电池可以支撑展开的充电器以合适的角度接受阳光的照射。

太阳能充电器设计
Solar Energy charger design

参赛作品：太阳能充电器设计
设 计 者：刘日 朱涛 李贵明
所在院校：内蒙古工业大学

设计说明：

本款太阳能充电器把现有的太阳能充电技术应用到了现在家电产品的充电装置中，可减少对环境的污染。它可以为我们的手机、GPS、数码相机、收音机、手电筒、MP3充电，还能为小朋友赛车上的七号电池充电。本产品造型简洁，并从中国传统的折扇造型上提取灵感和设计元素，不仅拥有足够的表面积来储蓄太阳能，而且折叠起来又很小巧。

谨以此书献给热爱设计的朋友们！